TEXTOS PARA ACALMAR TEMPESTADES

FABÍOLA SIMÕES

TEXTOS PARA ACALMAR TEMPESTADES

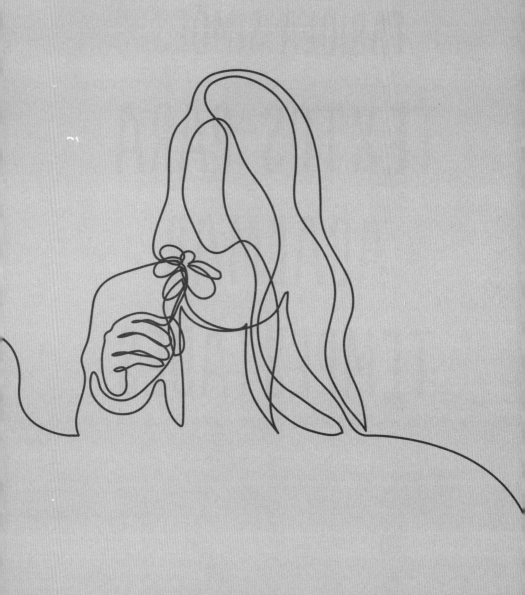

Para todos os que um dia sentiram as tempestades da alma. Para aqueles que se sabem brisa, e também ventania. Para minha família. Amo cada um de vocês com a força de um temporal.

COPYRIGHT © FARO EDITORIAL, 2021

Todos os direitos reservados.
Nenhuma parte deste livro pode ser reproduzida sob quaisquer meios existentes sem autorização por escrito do editor.

Diretor editorial **PEDRO ALMEIDA**

Coordenação editorial **CARLA SACRATO**

Preparação **FERNANDA BELO**

Revisão **BÁRBARA PARENTE**

Capa e diagramação **OSMANE GARCIA FILHO**

Imagens internas **LIZAVETAS, TETIANA_U, JUSTARTNINA, VALENTY, NIKVECTOR, PLASTEED, DODOMO, ONELINESTOCK, ALLA_LINE, SINGLELINE, GALINA GALA, LIVDECO, NEVESHKIN NIKOLAY LINEHOME, KAMILA BAY | SHUTTERSTOCK**

Dados Internacionais de Catalogação na Publicação (CIP)
Angélica Ilacqua CRB-8/7057

Simões, Fabíola
    Textos para acalmar tempestades / Fabíola Simões. — São Paulo : Faro Editorial, 2021.
    168 p.

    ISBN 978-65-86041-75-0

    1. Crônicas brasileiras I. Título

21-0799   CDD B869.8

Índice para catálogo sistemático:
1. Crônicas brasileiras B869.8

1ª edição brasileira: 2021
Direitos de edição em língua portuguesa, para o Brasil, adquiridos por FARO EDITORIAL

Avenida Andrômeda, 885 — Sala 310
Alphaville — Barueri — SP — Brasil
CEP: 06473-000
www.faroeditorial.com.br

SUMÁRIO

1. NUVENS SE FORMANDO 13
(INICIANDO A JORNADA)
Textos, poemas e reflexões com referências a obras literárias que inspiram a busca pelo sentido da vida e nos conduzem a uma jornada rumo ao nosso próprio mistério.

2. CHUVA NO TELHADO 53
(ENCONTRO)
Textos, poemas e reflexões com referências a obras literárias que têm o amor romântico como tema central.

3. TEMPESTADE 81
(DOR)
Textos, poemas e reflexões com referências a obras literárias que traduzem a dor da perda, o desespero do desencontro, a angústia do apego.

4. CALMARIA 131
(CURA)
No final da jornada, a cura. Textos, poemas e reflexões com referências a obras literárias que conduzem o leitor ao reencontro consigo mesmo.

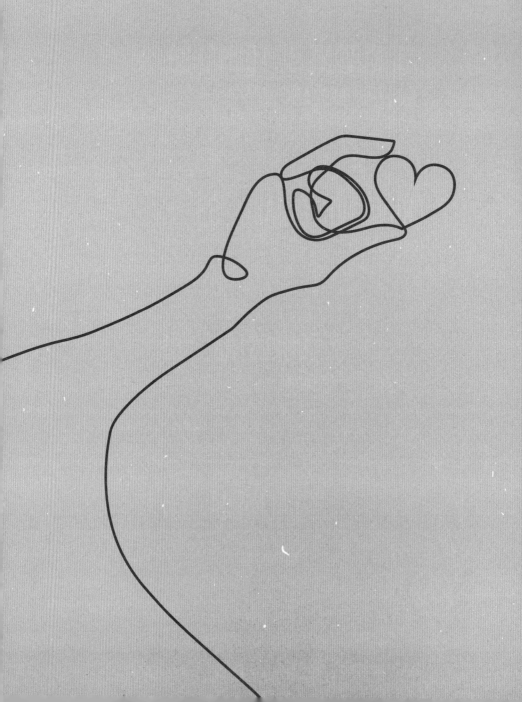

"meu coração me acordou chorando
ontem à noite
o que eu *posso fazer* eu supliquei
meu coração disse
escreva o livro."

(RUPI KAUR)

CARTA AO LEITOR

Na virada de 2019 para 2020, inspirada por uma prima querida, escolhi a palavra que gostaria que representasse o meu ano. A palavra escolhida foi "ALMA" e, naquele momento, nem de longe eu imaginava o que estava por vir, e o quanto minha alma deveria estar aberta a mudanças e transformações.

2020 chegou desafiando nossas certezas, nos mostrando que a vida tem seu próprio roteiro, muitas vezes diferente daquele que imaginamos ou planejamos.

Textos para acalmar tempestades é um livro que nasceu sob telhados de vidro, enquanto gotas de chuva, raios, trovões e temperança dançavam uma coreografia inédita na vidraça e dentro de mim.

Estar junto dos livros sempre foi uma terapia. Ler me traz calma, apazigua minha alma, abraça minha inquietação e me ajuda a entender os invernos do Ser.

Inspirada por minhas leituras, e citando autores e obras que gosto e admiro, escrevi a maioria das crônicas deste livro. Assim, cada reflexão contida aqui traz junto uma frase ou trecho de uma obra literária que algum dia me aqueceu ou desacomodou.

Espero que minha jornada rumo ao confronto com minha alma inspire você a se aprofundar também, buscando se conhecer e se respeitar mais, principalmente nesses tempos tão difíceis.

Citando o psicanalista Jung: "Não há despertar de consciência sem dor"; e, por isso, agora te dou minha mão. Vamos juntos, e que a leitura o ajude a acalmar suas tempestades...

Com amor,
FABÍOLA SIMÕES

PARTE 1
NUVENS SE FORMANDO
(INICIANDO A JORNADA)

É preciso coragem para ir ao encontro do próprio silêncio, do próprio mistério, do próprio enigma. É preciso estar disposto a deparar-se com a própria face incompreensível, aquela que anda de mãos dadas com o incompreensível do mundo.

Foi um dia memorável, pois operou grandes mudanças em mim. Mas isso se dá com qualquer vida. Imagine um dia especial na sua vida e pense como teria sido seu percurso sem ele. Faça uma pausa, você que está lendo, e pense na grande corrente de ferro, de ouro, de espinhos ou flores que jamais o teria prendido não fosse o encadeamento do primeiro elo em um dia memorável.

CHARLES DICKENS – "Grandes Esperanças"

HAVERÁ SEMPRE UM DIA

No último sábado, fui assistir ao monólogo "Eu de Você", encenado por Denise Fraga. No início da peça, interagindo com o público, ela contou sobre uma professora que marcou sua vida nos tempos de colégio. Um dia, a tal senhora chegou para lecionar e refletiu com os alunos sobre aquele segundo mágico da vida em que as coisas acontecem ou deixam de acontecer. Sobre aquele "um triz" que faz a gente vivenciar ou não uma narrativa.

O espetáculo é a encenação de histórias reais — algumas engraçadas, outras comoventes, afetivas ou singelas — em que a atriz dramatiza e interage com o público, aproximando plateia e personagens, estreitando o espaço entre as narrativas relatadas na peça e a vida de qualquer um.

É sempre por um triz que a gente se apaixona, passa naquele concurso, encontra ou desencontra alguém, ama, termina uma relação, se casa, é admitido ou demitido da empresa dos sonhos. É por um triz que a gente magoa alguém ou cativa para sempre um coração. É por um triz que a narrativa do outro não é a nossa narrativa, é por um triz que a gente está onde está, sentindo e experimentando o que é nossa realidade, e não do outro lado do palco, encenando outras alegrias, outros dramas, outros enredos.

Isso me lembrou de um trecho do livro "Grandes Esperanças", de Charles Dickens, que diz:

> Foi um dia memorável, pois operou grandes mudanças em mim. Mas isso se dá com qualquer vida. Imagine um dia especial na sua vida e pense como teria sido seu percurso sem ele. Faça uma pausa, você que está lendo, e pense na grande corrente de ferro, de ouro, de espinhos ou flores que jamais o teria prendido não fosse o encadeamento do primeiro elo em um dia memorável.

Esse trecho me faz companhia há algum tempo, pois acredito demais no que ele diz. O que parece ser só mais um dia, um dia comum, poderá ser o dia em que você magoará irremediavelmente alguém que ama; ou decidirá começar um novo projeto que dará muito certo; ou entrará num café e conhecerá alguém especial que ficará muito tempo ao seu lado; ou poderá ser o dia em que você desistirá de algo que não faz mais sentido, e isso abrirá outras portas que você nunca imaginou; ou poderá ser o dia em que um desvio inesperado levará a uma mudança no trajeto, desencadeando eventos decisivos para o resto da sua vida.

Haverá sempre um dia. Um dia em que abraçaremos alguém pela última vez, jogaremos bola com nossos amigos de infância pela última vez, começaremos uma jornada que nos transformará para sempre. Haverá sempre um dia em que acordaremos ao lado de alguém pela última vez, nos tornaremos fortes a ponto de a criança que fomos se orgulhar, optaremos por um caminho que modificará toda nossa história. Haverá sempre um dia. Um dia decisivo no meio de tantos outros, mas, ainda assim, só mais um dia. Só teremos a noção de que esse dia foi importante muito depois, quando olharmos para trás e percebemos o quanto ele nos transformou.

A importância de um dia não se programa, não é baseada nos seus anseios ou nas suas expectativas. A importância de um dia acontece naquele segundo mágico, naquele "por um triz" em que você atravessa uma rua, aceita uma carona, assina um documento, se perde no trânsito ou tem seu coração partido para sempre. Por um triz que um dia comum se torna o dia mais importante. Sempre por um triz.

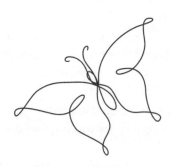

Não acredito que as pessoas estejam buscando pelo sentido da vida, tanto quanto pela experiência de se sentirem vivas.

JOSEPH CAMPBELL – "O poder do mito"

CADA PRÓXIMO PASSO DA SUA VIDA VAI EXIGIR UM NOVO VOCÊ. E ALGUMAS VEZES PRECISAMOS SER QUEBRADOS PARA NOS TORNARMOS UMA NOVA VERSÃO DE NÓS MESMOS.

Você já parou para pensar que as experiências que nós vivemos, por mais turbulentas ou dolorosas que sejam, talvez tenham acontecido para nos aproximar de quem somos de fato?

Talvez devêssemos usar a oportunidade da dor, da desconstrução, do arrebatamento, do desmoronamento, das fraturas na alma como facilitadores do encontro com nós mesmos.

Joseph Campbell, em "O poder do mito", diz que o que estamos procurando não é um sentido para a vida, e sim uma experiência de estarmos vivos.

Concordo com ele. Porque o que nos move, modifica ou aproxima de nosso ser mais puro e real — e talvez até desconhecido de nós mesmos por estar encoberto sob camadas e mais camadas de influências externas — são as experiências que aguçam nossos sentidos de forma mais intensa: o arrebatamento da paixão, a angústia, a dor, as turbulências, o desejo, a perda.

Dia desses assisti novamente ao filme "As pontes de Madison", de 1995. Mais amadurecida e com alguma bagagem, revi o filme sob uma nova perspectiva além daquela sobre o adultério ou a traição feminina. Pra quem não conhece, o longa conta a história de um fotógrafo da revista *National Geographic* incumbido de fotografar as pontes de Madison, em Iowa. Lá, ele conhece uma dona de casa cujo marido e filhos estão viajando. Eles vivem um breve e intenso romance, com duração de quatro dias, que marca definitivamente a vida dos dois.

Porém, deixando de lado o fato de Francesca, personagem interpretada por Meryl Streep, ter cedido ao desejo e vivido uma relação extraconjugal, nos deparamos com uma mulher na meia-idade descobrindo a si mesma. Se ouvindo. Se percebendo. Se amando. Se resgatando. Se transformando. Descobrindo seus gostos, suas preferências. Entrando em contato com sua verdade mais profunda e permitindo a si mesma deixar vir à tona quem era de fato. Uma das cenas que mais gosto é a que ela está na banheira, sozinha, e pensa: "Estou agindo como alguma outra mulher, contudo, nunca fui tanto eu mesma como agora".

Livre de qualquer julgamento, a personagem de Meryl Streep foi resgatada, devolvida a si mesma através da experiência da paixão. E, mesmo escolhendo não viver esse amor até o fim, foi modificada para sempre. Retornou à sua vida, à sua rotina de mãe, esposa e dona de casa, mas nunca mais foi a mesma. E isso é constatado no registro que ela faz em seu diário: "Em quatro dias, ele deu-me uma vida inteira, um universo, e deu consistência a todo o meu ser".

A experiência da dor também ensina e nos aproxima de nós mesmos. E ser nós mesmos nem sempre é continuar na mesma estrada que estávamos seguindo. Muitas vezes descobrimos que é preciso mudar de rota, desacelerar o passo, explorar outras paisagens, mergulhar no desconhecido e ousar enfrentar o que mais nos amedronta.

Às vezes, você precisa ser quebrado para se tornar uma versão melhor de si mesmo. Às vezes, você precisa sangrar e ficar à flor da pele para conseguir se resgatar por trás das máscaras e proteções, dos condicionamentos e das projeções. Às vezes, é preciso um novo você para que a vida volte a pulsar.

Tudo passa. O que permanece é aquilo que conseguimos ressignificar a partir da experiência do amor, da dor, da perda, do arrebatamento, do enfrentamento. E é esse novo sentido que irá nos curar e enriquecer nossa experiência de estar vivos, permanecendo para sempre conosco como um lembrete de que nossa alma foi tocada.

Às vezes, olhando um instantâneo tirado na praia ou numa festa, percebia com leve apreensão irônica o que aquele rosto sorridente e escurecido me revelava: um silêncio. Ao olhar o retrato, eu via o mistério. Nunca, então, havia eu de pensar que um dia iria de encontro a esse silêncio. Ao estilhaçamento do silêncio.

CLARICE LISPECTOR – "A paixão segundo G.H."

JARDIM SECRETO

Ando viciada na música "Secret Garden", de Bruce Springsteen. A melodia é linda, e a letra dialoga com minha alma.

"Secret Garden" fala sobre uma mulher que deixará você entrar na casa dela, deixará você entrar no carro dela, deixará você ir longe o suficiente. Mas no momento em que olhar para você e sorrir, seus olhos irão dizer que ela tem um jardim secreto dentro dela — onde você não poderá ir.

Nossa alma é insondável. E muitas vezes nem nós mesmos temos noção do nosso mistério, da nossa tragédia, da nossa coragem, da nossa paixão, do nosso silêncio... até o momento em que somos desafiados a desproteger nosso coração e encarar nosso jardim secreto.

A personagem criada por Clarice Lispector, em "A paixão segundo G.H.", livro que está me arrebatando atualmente, diz:

> Às vezes, olhando um instantâneo tirado na praia ou numa festa, percebia com leve apreensão irônica o que aquele rosto sorridente e escurecido me revelava: um silêncio. Ao olhar o retrato, eu via o mistério. Nunca, então, havia eu de pensar que um dia iria de encontro a esse silêncio. Ao estilhaçamento do silêncio.

É preciso coragem para ir ao encontro do próprio silêncio, do próprio mistério, do próprio enigma. É preciso estar disposto a deparar-se com a própria face incompreensível, aquela que anda de mãos dadas com o incompreensível do mundo.

Ela acordou e percebeu que sentia saudade de si mesma. Não a saudade vaga de olhar-se no espelho, tomar um banho demorado, ouvir as músicas que gostava, ler seus livros preferidos. Era uma saudade mais profunda e abrangente, saudade de sentir-se inteira e consciente de si mesma. Tanta coisa havia mudado fora, no que ela havia se transformado? Para abrandar a saudade, precisava agora de coragem. Coragem de despir-se, desproteger-se, desabrigar-se.

Tinha sido desafiada. A vida linear, organizada e coerente teve seu tempo, seu lugar, mas havia lhe poupado de aprofundar-se em si mesma. Agora tudo mudara. Sabia muito mais sobre si ao ser confrontada com a impermanência, transitoriedade e fragilidade da vida. Descobria-se forte. Corajosa. E de certa forma madura. Sua alma perdera o medo dos próprios abismos.

Agora ela sabia de seus próprios mistérios e os respeitava. Tinha descoberto um jardim secreto que só ela podia visitar, e que gostava. Viu o melhor e o pior de si e desistiu de classificar-se. A mulher que havia se tornado deu as mãos à menina que foi, e juntas prometeram nunca mais ausentar-se de si mesmas.

Naquele momento compreendeu que não era necessário dar nome a tudo, nem encontrar significado para a falta de sentido. Perdoava o pranto, os disfarces, a escuridão. E agora abria as portas e janelas, ventilando a culpa e aprendendo a estar só. A vida é gangorra: num dia você chora arrasada pela falta de colos, no outro você sorri sozinha transbordando amor. E por mais imperfeitos que fossem seus dias, eram o reflexo de quem ela escolhia — diariamente — ser.

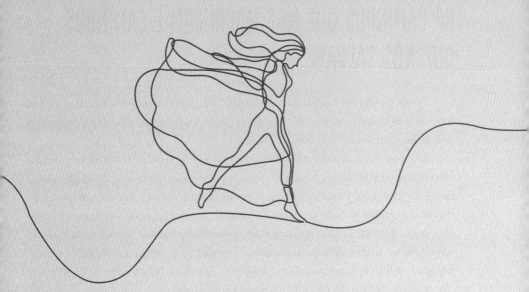

Algumas vezes, não percebemos como fomos parar no meio de um caminho confuso, cheio de encruzilhadas, com setas indicando opções em todas as direções. Nesses momentos, se pergunte qual travessia tem um coração. Feche os olhos, silencie, se pegue pela mão e, mesmo contrariando a razão e longe de qualquer opinião, descubra qual direção te aproxima da sua verdade. Aquela verdade tão sua que, mesmo significando muita luta e dificuldade, te trará paz e brilho no olhar. Assim, quando tudo parecer confuso, não hesite em se perguntar: esse caminho, mesmo sendo um salto no escuro, tem um coração?

HÁ CAMINHOS QUE NOS MACHUCAM E CAMINHOS QUE NOS SALVAM

Nessa vida há caminhos e caminhos. Alguns necessários, porém áridos e difíceis; outros fáceis de trilhar, com sombra e vista agradável, mas sem levar a nenhum lugar.

De vez em quando sabemos que teremos que enfrentar um caminho árduo e íngreme, mas ele nos dará a vista mais bonita e plena ao final da jornada. Outras vezes, nos deparamos com um caminho agradável e atraente, com uma brisa suave nos convidando para a travessia, mas, à medida que avançamos, percebemos que nos enganamos: o caminho se torna difícil, doloroso e intolerável. Insistimos, temos saudade do início em que tudo era perfeito, mas pouco a pouco percebemos que aquela trilha do princípio não existe mais.

Há momentos em que escolhemos um caminho porque alguns nos disseram que aquela era uma boa direção. Escolhemos por ouvir a voz da experiência e da razão. Ao escolher esse caminho seguro e previsível, podemos acertar ou nos enganar. Pois o que foi bom para aqueles que nos antecederam nem sempre será o melhor para nós. Com sorte, nos adaptamos. Com sabedoria, transformamos o caminho naquilo que nos agrada.

Há ainda caminhos que ninguém trilhou, que ninguém sabe onde vai dar, mas de alguma forma essa trilha nos convida de um jeito que é impossível recusar. Ela simplesmente nos chama, e sentimos que ali é nosso lugar.

Existem caminhos que percorremos sem prestar muita atenção, e quando olhamos para trás percebemos que ele teve sua função, ainda que no momento não tenhamos levado em consideração.

Há caminhos que nos machucam e caminhos que nos salvam. Há caminhos que nos confundem e caminhos que nos dão a certeza de que estamos na jornada certa.

Há caminhos que nos fazem morrer lentamente, mas nem sempre conseguimos parar e dar marcha a ré, porque nos fundimos ao chão da estrada que pisamos e não temos mais ideia de quem somos, e nem de que há outras opções de trilhas. Porém, recuar e tentar o desconhecido não significa desistir, e sim dar uma nova chance aos nossos pés.

Alguns caminhos duram apenas alguns instantes, mas nos transformam e ficam na lembrança eternamente. Há os que nos aproximam do eterno, e os que nos roubam a alma. Há caminhos que nos fazem evoluir e voar, e caminhos que são como caneleiras de aço presas aos nossos pés diminuindo a força de nosso passo. Há os que nos libertam, há outros que nos aprisionam. Há caminhos que nos tornam pessoas melhores, há caminhos que destroem nosso amor-próprio.

O escritor e antropólogo Carlos Castañeda (1925-98) tem um poema lindo que diz:

> Um caminho é só um caminho,
> e não há desrespeito a si
> ou aos outros em abandoná-lo,
> se é isto que o coração nos diz...
> Examine cada caminho com muito cuidado e deliberação.
> Tente-o muitas vezes, tanto quanto julgar necessário.
> Só então pergunte a você mesmo, sozinho, uma coisa...
> Este caminho tem coração?
> Se tem, o caminho é bom,
> se não tem, ele não lhe serve.
> Um caminho é só um caminho.

Concordo com Castañeda. Algumas vezes, não percebemos como fomos parar no meio de um caminho confuso, cheio de encruzilhadas, com setas indicando opções em todas as direções. Nesses momentos, se pergunte qual travessia tem um coração. Feche os olhos, silencie, se pegue pela mão e, mesmo contrariando a razão e longe de qualquer opinião, descubra qual direção te aproxima da sua verdade. Aquela verdade tão sua que, mesmo significando muita luta e dificuldade, te trará paz e brilho no olhar. Assim, quando tudo parecer confuso, não hesite em se perguntar: esse caminho, mesmo sendo um salto no escuro, tem um coração?

Porque tem luz e sombra. Uma engendra a outra, uma nasce de dentro da outra. Tem amor e ódio, tem encontro e perda, tem identificação e indiferença. Tem dias em que tudo se encaixa, como no momento das peças finais dos quebra-cabeças, e tem aqueles em que tudo se desencaixa numa aflição tonta de não haver sentido nem paz, amor, futuro ou coisa alguma. Tem dias que nenhum beijo mata a fome enorme de outra coisa que seria mais (e sempre menos) que um beijo. Mas tem aqueles outros, quando um vento súbito e simples entrando pela janela aberta do carro para bater nos teus cabelos parece melhor que o mais demorado e sincero dos beijos. Precisamos dos beijos, precisamos dos ventos. Tem dias de abençoar, dias de amaldiçoar. E cada um é tantos dentro do um só que vê e adjetiva o de fora que escapa, tão completamente só no seu jeito intransferível de ver: "E eu sou só eu só eu só eu".

CAIO FERNANDO ABREU — crônica "Vamo comer Caetano?"

TODO DIA É UMA TENTATIVA

Apaixonada estou. Completamente vidrada, viciada e me segurando para não terminar a série "Normal People" de uma tacada só, degustando cada curto capítulo aos poucos, completamente imersa na história de Connell e Marianne. A série, baseada no livro homônimo de Sally Rooney, tem apenas doze episódios e narra os encontros e desencontros de dois jovens ao longo do tempo. Apesar de clichê, a forma como a história é narrada — com fotografia, trilha sonora e atuação honesta e impecável — recompensa e prende o espectador.

Marianne (Daisy Edgar-Jones) é, sem dúvida, minha personagem preferida de todos os tempos. O perfil "anti-herói" que ela assume ao longo da narrativa, seus escudos, sua dor e inadequação causam empatia e identificação. A armadura de intelectualidade e irreverência que ela veste para lidar com uma estrutura familiar abusiva e a falta de amigos no ensino médio é, ao mesmo tempo, aquilo que a salva e que a torna única — talvez "inadequada".

Ainda que os personagens estejam se descobrindo ao longo da série, Marianne mantém sua singularidade, sua autenticidade, seu jeito formidável de ser "inadequada". E confesso que esse sentimento de inadequação da personagem me fisgou, e talvez tenha fisgado muitos fãs da série também. Pois nem sempre seremos aquela pessoa bem resolvida, que sabe exatamente o que quer, que definiu muito bem qual direção seguir, que não se sente trouxa ao expor uma opinião, se declarar para alguém, ou fazer um gesto ousado em público.

Todo dia é uma tentativa. Estamos buscando, caindo e arriscando, num empenho absurdo de dar conta de tudo; de sair ilesos da descrença e da desilusão, driblando os momentos de solidão que nos assolam mesmo quando estamos acompanhados; de levantar após uma queda; de continuar acreditando na delicadeza das coisas; de abraçar a existência com seus finais e recomeços cíclicos.

Há dias de perdas e dias de ganhos. Há momentos em que a autoconfiança aflora e momentos em que a inadequação nos faz questionar nosso lugar no mundo. Há dias em que resistimos com serenidade e fé, e dias em que a dúvida toma conta de nossos pensamentos. Há dias de sermos incompreendidos, e dias em que comemoramos a coerência entre o nosso mundo interno e o externo.

Sentir-se inadequado vez ou outra é normal, já que a vida não é exatamente linear nem perfeita, e mesmo quem parece ter nascido com a autoconfiança na lua tem seus momentos de dúvida e autocrítica. Porém, é preciso lidar com as diferenças sem deixar que traços tão especiais, que nos distinguem no meio da multidão, causem sentimentos de inferioridade.

Marianne soube fazer isso. Transformou seu jeito "esquisitão" num atrativo irresistível. No ensino médio sofria bullying, mas, assim mesmo, era admirada pelos colegas. Apesar de inadequada, não baixava a cabeça, bancando seu jeito diferente e irreverente com a maturidade dos que sabem que seu lugar não é ali, pois há outro muito melhor reservado para eles.

No livro, há uma passagem que descreve exatamente essa sensação que a personagem experimentava:

> Marianne tinha a sensação de que sua vida real acontecia em outro lugar, bem distante dali, acontecia sem ela, e não sabia se um dia descobriria onde era e se seria parte dela. Volta e meia tinha essa sensação na escola, mas não era acompanhada por nenhuma imagem específica de qual aparência ou sentimento a vida real poderia ter. Só sabia que, quando começasse, não precisaria mais imaginá-la

Há uma tirinha muito boa do Charlie Brown que traz a pergunta: "O que a gente faz quando acha que não se encaixa no mundo?". Esse sentimento de desencaixe já deve ter passado pela cabeça de muita gente, em diferentes momentos. Na verdade, não há muito o que fazer, pois o mundo é esse mesmo, não vai mudar ou parar de girar só porque a gente quer. Então o jeito é tentar resistir da maneira que conseguirmos, principalmente sendo honestos com o que somos e sentimos; nos autorizando a estar triste, com raiva ou muito alegre; nos permitindo nos isolar de vez em quando; concedendo momentos de liberdade e gozo sem culpa; fantasiando o que não é possível no momento; e até mesmo usando uma armadura de delicadeza ou intelectualidade para se proteger dos estilhaços da existência.

No fim, é preciso entender que a vida não é linear. Ela se altera, e o que existe hoje não resistirá da mesma forma amanhã, e a inadequação do momento presente pode ser o triunfo lá na frente.

eu quis tanto
levantar muros
para me proteger da
dor,
mas foi quando
desisti
de fugir da
dor
que descobri
que sem ela
não haveria
cura.
eu não precisava
temer
a dor.
eu só precisava
aceitar, conviver,
permitir.
dor e cura
são irmãs,
e não posso
desejar a *cura*
se impeço
a *dor*.

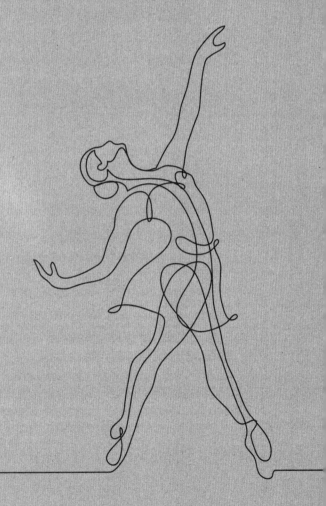

Não creio ser um homem que saiba. Tenho sido sempre um homem que busca, mas já agora não busco mais nas estrelas e nos livros: começo a ouvir os ensinamentos que meu sangue murmura em mim. Não é agradável a minha história, não é suave e harmoniosa como as histórias inventadas; sabe a insensatez e a confusão, a loucura e o sonho, como a vida de todos os homens que já não querem mais mentir a si mesmos.

HERMANN HESSE – "Demian"

QUE EU TENHA HONESTIDADE COM TODOS, MAS, ACIMA DE TUDO, QUE EU SEJA HONESTA COMIGO MESMA

Entre minhas últimas leituras, "Demian", um clássico de Hermann Hesse, tem se destacado. Publicado em 1919, o livro começa na primeira infância do personagem central, em que somos apresentados às dualidades existentes na vida cotidiana e no interior do menino Sinclair. O conflito é presente e inevitável, e começa no primeiro capítulo, intitulado "Dois mundos", no qual o narrador personagem se depara com as ambiguidades entre a realidade da sua casa — que significava:

papai e mamãe, amor e severidade, exemplo e educação. (...) Nele se cantavam os coros matutinos e se festejava o Natal. (...) havia o dever e a culpa, o remorso e a confissão, o perdão e as boas intenções, o amor e a veneração, os versículos da Bíblia e a sabedoria. Nesse mundo devia-se permanecer para que a vida fosse clara e limpa, bela e ordenada.

E a existência do outro mundo, que curiosamente começava em meio a sua própria casa, mas era completamente diferente:

tinha outro odor, falava de maneira diversa, prometia e exigia outras coisas. Nesse segundo universo havia criadas e aprendizes, histórias de fantasmas e rumores de escândalo; havia uma onda multiforme de coisas monstruosas, atraentes, terríveis e enigmáticas, coisas como o matadouro e a prisão, homens embriagados e mulheres escandalosas, vacas que pariam e cavalos estropiados; histórias de roubos, assassinatos e suicídios.

O que me atraiu no texto de Hesse foi exatamente essa dualidade, esse contraste, essa convivência próxima entre aquilo que chamamos de opostos, mas que abrangem o ser. Somos luz e sombra, consciente e inconsciente, doce e amargo, limpeza e sujeira, discrição e escândalo, juízo e insensatez, lucidez e loucura, paz e violência.

Assim, é de esperar que nem sempre tenhamos consciência de quem somos de fato. Pois qualquer situação inesperada pode trazer à tona uma versão diferente de nós mesmos, que convive proximamente com outra versão nossa totalmente oposta.

Voltando a Hermann Hesse, no prólogo ele diz:

Não creio ser um homem que saiba. Tenho sido sempre um homem que busca, mas já agora não busco mais nas estrelas e nos livros: começo a ouvir os ensinamentos que meu sangue murmura em mim. Não é agradável a minha história, não é suave e harmoniosa como as histórias inventadas; sabe a insensatez e a confusão, a loucura e o sonho, como a vida de todos os homens que já não querem mais mentir a si mesmos.

Não querer mais mentir a nós mesmos. Procurar nossa verdade mais íntima, aquela que nos escapa pelos dedos, foge através dos pensamentos, se mistura às influências do mundo. Buscar o que há de mais honesto em nós e escutar essa voz interior sem negá-la ou transformá-la em algo que não é nosso. Eis o desafio do autoconhecimento.

Que eu tenha honestidade com todos, mas, acima de tudo, que eu seja honesta comigo mesma. Que eu não busque a perfeição nem crie personagens de mim mesma, pois o projeto de agradar a todos me rouba de mim, mas que eu faça as pazes com o silêncio que me habita e assusta. Sou tecida de opostos, ambivalências, contrastes e conflitos; e mesmo o que é desagradável em mim deve ser respeitado. Que eu seja camarada com minha solidão, pois é a minha parceira mais fiel, e que minha coragem não solte minha mão quando as perdas esmagarem meus passos.

Que eu descubra minha verdade mais honesta, aquela que me escapa e se esconde até mesmo de mim, aquela que me diz coisas quando cessa o barulho do mundo, aquela que está no fundo dos olhos castanhos que diariamente me encaram no espelho. Que eu descubra e não traia essa verdade pela culpa ou pelo medo de ser feliz.

Que eu desista de ser fiel à ferida, e saiba reconhecer quando a dor estiver querendo me enfeitiçar. Que as inquietações deem lugar ao descanso da alma e que, depois de arder, eu encontre repouso e abrigo. Que eu consiga abandonar o que machuca, e salve a mim mesma reverenciando o que satisfaz meu equilíbrio.

Clarice Lispector disse: "Somos a única presença que não nos deixará até a morte", e assim é. Que eu não apenas tolere minha companhia, mas seja minha melhor parceria. Que eu saiba enxugar meu pranto, e não me coloque em situações que destruam meu encanto. Que eu aprenda a me poupar, a me defender, a me escutar e a me compreender. Que eu aprenda a ficar só, e suporte o peso da minha solidão e do meu silêncio. E, a exemplo de Hesse, que eu pare de mentir a mim mesma, e comece a ouvir *os ensinamentos que meu sangue murmura em mim...*

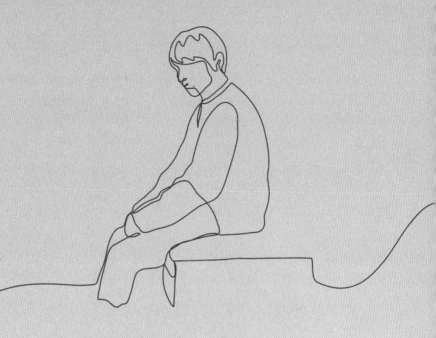

(...) sua solidão pesa mais do que nunca. Mas se perceber então que ela é grande, alegre-se com isso; pois o que (pergunte a si mesmo) seria uma solidão sem grandeza? Existe apenas uma solidão, e ela é grande, nada fácil de suportar. Acabam chegando as horas em que quase todos gostariam de trocá-la por uma união qualquer, por mais banal e sem valor que seja, trocá-la pela aparência de uma mínima concordância com o próximo, mesmo que com a pessoa mais indigna... No entanto, talvez sejam justamente essas as horas em que a solidão cresce, pois o seu crescimento é doloroso como o crescimento de um menino e triste como o início da primavera. Mas isso não deve confundi-lo. O que é necessário é apenas o seguinte: solidão, uma grande solidão interior. Entrar em si mesmo e não encontrar ninguém durante horas, é preciso conseguir isso.

RAINER MARIA RILKE — "Cartas a um jovem poeta"

Algumas distâncias são necessárias. Nos permitem redimensionar a importância de alguém, nos dão entendimento sobre nosso valor ou nossa insignificância, nos ajudam a valorizar o encontro, nos trazem paz quando a interação é conflituosa. No distanciamento muita coisa é resolvida sem precisar ser dita, e permanece o que tem que permanecer.

QUARENTENADO DE VOCÊ: QUANDO CHEGA O MOMENTO DE SILENCIAR E DEIXAR O SILÊNCIO TRAZER ENTENDIMENTO

No começo da semana, um amigo querido me enviou um vídeo do Lenine cantando "Paciência". A letra é conhecida, mas naquele momento os versos "enquanto todo mundo espera a cura do mal; e a loucura finge que isso tudo é normal; *eu finjo ter paciência...*" fizeram muito sentido. Eu estava no trabalho, lidando muito mal com minhas emoções confusas e tentando resolver minha inquietação com excessos de palavras, questionamentos, necessidade de controle e insistência.

Eu não estava doente, mas estava deixando de respirar. O ar entrava pela metade, e saía logo em seguida. Meu pescoço estava rígido, os ombros tensionados, a mandíbula travada. Estava tensa pelas notícias que não paravam de chegar, pelo medo, pela preocupação, pela nova função que eu tinha acabado de assumir por ser funcionária do SUS e, portanto, convocada para esse momento. Além disso, o que me afligia eram as relações com aqueles que amo e que, de uma forma súbita, haviam se modificado de forma drástica.

Ainda sem consciência, entre uma atividade e outra, eu abria o WhatsApp, ouvia os áudios, respondia às mensagens, entrava nos grupos, encaminhava um artigo, vagava pelo Twitter, abria o Instagram, corria os olhos pelo Facebook, reabria o WhatsApp, salvava mais uma figurinha, ligava para casa, gravava um áudio... e assim ia, enquanto trabalhava e fingia ter paciência.

Naquela tarde, porém, sucumbi. Exausta pelos meus excessos, deletei (literalmente) WhatsApp e Instagram. Troquei Twitter, Facebook e tevê pelo YouTube e descobri uma quantidade incrível de vídeos interessantes produzidos na quarentena. Meditei e voltei a respirar. Mas, principalmente, decidi silenciar.

É impressionante a quantidade de coisas que se organizam dentro da gente quando decidimos silenciar. É no silêncio que o entendimento acontece, que deixamos de querer controlar tudo, que aceitamos que a vida tem seu próprio roteiro e não dá para querer contar a história exatamente como a gente planejou. É no silêncio que a gente entende que só o tempo vai nos dizer o que fazer, que nem toda ação merece uma reação, e que toda insistência leva embora a nossa paz.

No silêncio descobrimos onde devemos investir nosso tempo e afeto, abrimos mão das armadilhas do ego, desistimos de querer ter razão. No silêncio aprendemos a nos proteger e fortalecer, a não nos vitimizar, a não nos culpar. No silêncio encontramos as respostas que buscamos e aprendemos a ouvir a intuição. Ao silenciar, naturalmente descobrimos no que devemos nos demorar. Abrimos mão de relações indignas e não nos contentamos com migalhas afetivas. Ao silenciar, reaprendemos a respirar. A nos acalmar. A recomeçar.

Um dos livros que mais me trouxe entendimento acerca da beleza e da necessidade de suportar o silêncio e a própria solidão foi "Cartas a um jovem poeta", de Rainer Maria Rilke. Nele, há inúmeras passagens que falam diretamente à alma dos poetas e ao íntimo de cada um de nós, sobre a necessidade de não tentar eliminar a dor, a tristeza, o silêncio e a solidão, e sim de acolhê-los com coragem e ousadia: "Entrar em si mesmo e não encontrar ninguém durante horas, é preciso conseguir isso".

Às vezes, estamos tão empenhados em provar nosso ponto de vista, tão focados em termos razão, tão urgentemente necessitados em dar ou exigir uma resposta... que nos afastamos de nossa paz, perdemos a capacidade de nos acalmar e de enxergar as coisas como elas realmente são. Muita coisa é simples, a gente que complica. Muita coisa é óbvia, a gente que não enxerga. Muita coisa não está sob nosso domínio. E ponto final.

Algumas distâncias são necessárias. Nos permitem redimensionar a importância de alguém, nos dão entendimento sobre nosso valor ou insignificância, nos ajudam a valorizar o encontro, nos trazem paz quando a interação é conflituosa. No distanciamento muita coisa é resolvida sem precisar ser dita, e permanece o que tem que permanecer.

Ontem, depois de dois dias, precisei reinstalar WhatsApp e Instagram. Porém, a mudança me trouxe tantos benefícios que desde então tenho me conectado menos, e buscado o silêncio como uma forma de me resguardar e me reconectar comigo mesma.

Descobri que de vez em quando temos que fazer quarentena das conexões que temos uns com os outros, pois mesmo que o mundo tenha desacelerado, dentro de alguns de nós o trânsito continua congestionado.

Que você tenha paz e paciência. A vida é tão rara.

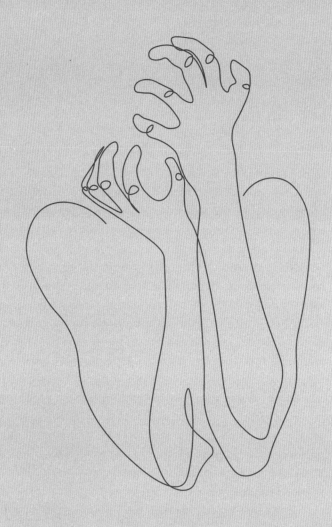

(...) a pergunta que me move é como cada um inventa uma vida. Como cada um cria sentido para os dias, quase nu e com tão pouco. Como cada um se arranca do silêncio para virar narrativa. Como cada um habita-se.

ELIANE BRUM – "Meus desacontecimentos"

CAMINHOS

Ontem, a lição de casa do meu filho trazia um desafio: "Peça para seus pais lhe contarem uma escolha que tenham feito, e como isso afetou a vida deles". Deixei a missão a cargo do meu marido. Ele tem uma história bonita, de força de vontade e superação, que definiu seu destino a partir de uma escolha, inicialmente feita por seu pai, mas acatada e vivenciada por ele.

No trabalho que entregou hoje na escola, havia duas imagens. Numa, o desenho de um menino com uma enxada na mão; na outra, um médico de jaleco branco e maleta em punho.

Porém, muito além de uma escolha meramente profissional, a decisão de deixar o trabalho na lavoura e ingressar na faculdade de medicina foi uma guinada na vida do menino que até os dezessete anos não conhecia luz elétrica e vivia num sítio em que a maior ocupação era ajudar o pai com a enxada, perturbar a vida dos bichos e ir para a escola rural, onde várias turmas, em diferentes estágios de aprendizado, tinham aulas na mesma sala. Não havia água encanada, automóvel, muito menos TV ou geladeira. Ao escolher a faculdade, uma nova versão foi escrita. E percorrer esse caminho pode ter sido tudo, menos simples.

Enquanto orientava meu menino, me veio à lembrança trechos de Eliane Brum, em seu mais recente livro, "Meus desacontecimentos". Logo no comecinho ela questiona: "como cada um inventa uma vida. Como cada um cria sentido para os dias, quase nu e com tão pouco. Como cada um se arranca do silêncio para virar narrativa. Como cada um habita-se".

Por enquanto, meu menino só pode entender sobre escolhas palpáveis — coleção de figurinhas da Copa ou cartas *pokémon*, matinê no cinema ou festa do amiguinho, *crocs* ou tênis, pijama curto ou longo, "o que vou ser quando crescer", qual livro vamos ler antes de dormir. Com o amadurecimento, virão questões mais relevantes, entroncamentos no meio da estrada que fatalmente o desafiarão a dar uma resposta que talvez conduzirá seu destino.

Nesses momentos, o controle estará em suas mãos. O trajeto escolhido determinará uma nova versão de si mesmo. Porém, muito além das direções que se distribuem pelo caminho, haverá outras questões, não tão óbvias, mas ainda mais perturbadoras e íntimas. Essas serão as mais difíceis. Porque a batalha será travada não somente entre profissões, negócios, *status* e pessoas. Serão decisões mais profundas, que ele fará diariamente, dentro de si mesmo, envolvendo a forma como deseja viver e responder ao que não pode controlar.

Todos os dias, meu filho, você terá que escolher de que forma irá habitar-se, para o bem ou para o mal. Porque a gente escolhe fazer-se muito mal também. E o pior é que nem nos damos conta disso, acostumados que estamos em não nos enxergarmos ou ouvirmos no meio de tanto barulho que há lá fora. Então imaginamos que o que não vai bem é a rua, o fulano que não vai com a nossa cara, a esposa que ronca, o marido que não colabora... mas no fundo somos nós. Nós, que nos afastamos da verdade, e preferimos nos refugiar numa vida inventada que justifique nossas mazelas.

Assim, se posso dar-lhe um conselho, escolha fazer-se bem. É importante também que saiba escolher suas batalhas. Que não perca tempo com expectativas irreais, aquelas que não levam a lugar nenhum. Nem imagine que seu jeito de ser e viver é o certo para todos. É o certo para você, claro, mas não julgue nem discrimine quem reconhecer outras formas de construir uma vida. Você descobrirá que nessa selva existem leões e cordeiros, bichos-preguiça e guepardos, e não cabe a você querer que todos sejam leões, só porque você escolheu ser um. Depositamos muito da gente nos outros. E muito dos outros é depositado na gente. Desejamos que o outro seja como nós mesmos seríamos no lugar dele, mas quem sabe o que vai dentro do coração alheio?

Uma das lições mais difíceis de se aprender nessa jornada é a questão da aceitação. A gente traça um roteiro próprio, estabelece metas, acrescenta vontades, junta uma grande dose de sentimentos e espera que tudo corra conforme o combinado. Criamos expectativas em cima de pessoas tão diferentes de nós, querendo que elas sigam o script, ou que, pelo menos, obedeçam ao nosso combinado. Se somos tigres ferozes, nos indignamos com a serenidade dos coalas. Se temos a agilidade do beija-flor, nos impacientamos com a lentidão dos caracóis. E de repente você percebe que está numa batalha que nem escolheu estar, tentando se defender de quem julga conhecê-lo melhor que você.

Portanto, mesmo que discorde ou acredite conhecer aqueles que ama, entenda que jamais o saberá por completo, pois cada um carrega muito mais bagagem do que supomos desvendar.

Tenho escolhido muito também. Escrever foi uma das boas escolhas que fiz, num momento difícil que um dia você vai entender. Também cansei de ser um rio turbulento, e essa escolha tem feito meus barcos de papel resistirem com mais leveza desde então.

Assim, trace seus caminhos com cuidado, sem se deixar influenciar pela linhagem de sua família — essa coisa de sobrenome ou árvore genealógica não pode ser responsável por nosso destino. Não é preciso perpetuar as características, principalmente se não concordar com elas. O que vai dentro de você é resultado de uma equação complicada, que começou antes das suas primeiras palavras, e dar sentido a isso é responsabilidade sua e de mais ninguém.

Quanto a seu pai, a escolha não foi simplesmente entre ser médico ou caminhoneiro, como ele tanto queria. Suas maiores batalhas foram travadas do lado de dentro, tentando superar os próprios obstáculos — como a timidez quase paralisante — e a resolução de habitar a si mesmo com coragem, humildade e serenidade.

Por fim, lembre-se de que a vida não é e.x.a.t.a.m.e.n.t.e. como a gente quer. E por mais que seja tentador ditar as regras, não temos controle sobre tudo. Então escolha somente fazer-se bem, principalmente quando tudo parecer errado, confuso ou ruim do lado de fora.

Mais importante que o enredo, o que vale é como você se portou dentro da história que contou.

(...) ínfimas alterações atmosféricas, como as causadas pelo bater das asas de uma borboleta, poderiam ter um grande efeito nos subsequentes padrões atmosféricos globais. Essa noção pode parecer absurda — é equivalente à ideia de que a xícara de café que você tomou de manhã poderia levar a alterações profundas em sua vida. No entanto, isso é efetivamente o que acontece — por exemplo, se o tempo gasto tomando a bebida fizer com que você cruze o caminho de sua futura mulher na estação de metrô, ou evitar que você seja atropelado por um carro que atravessou um sinal vermelho.

LEONARD MLODINOW — "O andar do bêbado"

EFEITO BORBOLETA

Tem vida que a gente escolhe, e tem vida que escolhe a gente. Qualquer um já deve ter reparado nisso. De vez em quando pequenas mudanças no curso de um dia, ou minúsculas alterações no trajeto da rotina podem desencadear uma sequência de eventos que modificam tudo, como se a vida tivesse seu próprio roteiro, e você estivesse sendo empurrado por ventos fortes numa direção, sendo escolhido para viver alguma situação.

Ainda não terminei a leitura do livro "O andar do bêbado", de Leonard Mlodinow, mas corri as páginas, ansiosa por entender como o acaso determina nossas vidas. E me deparei com o chamado efeito borboleta, assim denominado pela física, que determina o impacto dos eventos aleatórios em nossas vidas. Eventos aparentemente inconsequentes que levam a grandes mudanças. O que se descobriu foi que

> ínfimas alterações atmosféricas, como as causadas pelo bater das asas de uma borboleta, poderiam ter um grande efeito nos subsequentes padrões atmosféricos globais. Essa noção pode parecer absurda — é equivalente à ideia de que a xícara de café que você tomou de manhã poderia levar a alterações profundas em sua vida. No entanto, isso é efetivamente o que acontece — por exemplo, se o tempo gasto tomando a bebida fizer com que você cruze o caminho de sua futura mulher na estação de metrô, ou evitar que você seja atropelado por um carro que atravessou um sinal vermelho.

Assim, tem coisas que a gente não procura, elas nos acham. E nos surpreendem distraídos, em momentos de pouca expectativa e muita abertura ao acaso.

São movimentos mínimos, como o bater das asas de uma borboleta, que determinam os desfechos de nossas vidas. E na maioria das vezes, não percebemos. Desintegrados da matéria invisível que é feita nossa existência, pensamos calcular nossas ações esperando resultados coerentes, o que nem sempre ocorre. E não ocorre porque muitos outros eventos — mínimos — estão se somando ao nosso redor o tempo todo, e são esses eventos mínimos, como o tempo transcorrido entre uma xícara de café e outra, que determinarão grandes rumos. O que quero dizer é que esbarrar no seu grande amor tem muito mais chances de ocorrer quando você pega um engarrafamento na volta do trabalho, desvia o caminho por uma rua totalmente nova e decide tomar um café numa padaria no meio do trajeto pra aliviar o estresse, do que quando contabiliza momentos, chega em casa na hora certa e se arruma toda (com cílios postiços e lingerie nova), esperando e torcendo para que o barzinho da moda lhe traga o grande amor.

Querer engravidar do marido, numa lua de mel programada de acordo com o período fértil e novena pra Santa Rita segue a mesma cartilha, quem nunca ouviu falar?

O fulano que sumiu da sua vida, as frases que você espera dizer quando ele se arrepender, a decisão de bater a porta na cara dele... sabe quando ele se arrependerá? Tem ideia?

A casa dos sonhos, o terreno para construção, o ponto para o negócio... podem estar numa rua desconhecida, distante e aparentemente inatingível, mas se tiverem que ser seus, o acaso o levará até lá.

De vez em quando é necessário deixar nossos rumos ao sabor do vento. Estar preparados, sim; reconhecer as dádivas, também. Mas como os "lírios do campo", entender que na maioria das vezes, a vida não dança ao sabor único de nossas intenções, e desejar não é o bastante para que a vida que escolhemos escolha a gente também.

Sendo assim, é impossível conhecer ou controlar precisamente as circunstâncias de nossas vidas. Assim como o bater das asas da borboleta, pequenas diferenças levam a alterações imensas no resultado. E no que diz respeito a nossas conquistas particulares — empregos, amigos, amores ou finanças —, todos devemos muito mais ao acaso do que somos capazes de perceber.

No fundo, a vida é incerta. E essa incerteza é o que dá sentido também, pois se fôssemos capazes de prever e controlar tudo, que graça haveria? Que possamos dar asas à intuição, pois essa sim, ainda que imprecisa, pode nos dar rumos muito além daqueles que supomos determinar ou controlar.

Não há despertar de consciência sem dor. As pessoas farão de tudo, chegando aos limites do absurdo, para evitar enfrentar a própria alma. Ninguém se torna iluminado por imaginar figuras de luz, mas sim por tornar consciente a escuridão.

CARL GUSTAV JUNG

CADA UM É SEU PRÓPRIO DESTINO

Uma nova tradição vem surgindo na virada de um ano para o outro: escolher uma palavra que possa servir como meta, direção, ou que represente algum significado para o novo ano. Uma prima querida lançou o desafio e, no dia 01º de janeiro, escolhi minha palavra: ALMA.

Explicando minha escolha para uma amiga, me lembrei de uma das frases que mais me arrebatam, do psicanalista Carl Jung: "Não há despertar de consciência sem dor. As pessoas farão de tudo, chegando aos limites do absurdo, para evitar enfrentar a própria alma. Ninguém se torna iluminado por imaginar figuras de luz, mas sim por tornar consciente a escuridão".

Ao escolher "ALMA" como minha palavra para 2020, decidi mergulhar numa jornada que pode ser tudo, menos fácil. Porém, é uma busca que me move há algum tempo, e consiste em ter a coragem de me desproteger e descobrir quem sou de fato, qual a minha essência, qual a minha versão mais pura, sem as camadas e camadas de influências externas, sem a identificação com o ego, sem as máscaras que todos nós usamos e que são importantes para vivermos em sociedade.

Enfrentar a nossa própria alma pode parecer simples, mas não é. Nem todos escolhem esse caminho, nem todos têm noção de que há algo mais a ser buscado além da superfície, nem todos sentem a necessidade de mergulhar e aprofundar em si mesmos, encontrando respostas muitas vezes difíceis e dolorosas, mas que ao final têm a possibilidade de nos tornar pessoas melhores — para o mundo e principalmente para nós mesmos.

Como disse Jung: "não há despertar de consciência sem dor". E por mais que desejemos descobrir qual a nossa essência, qual o nosso propósito — o que viemos fazer e aprender em nossa existência; quais experiências precisamos experimentar e quais devemos rejeitar; que vivências podem nos ajudar a evoluir; quais lugares abraçar e quais abandonar —, tudo isso não se consegue num piscar de olhos, nem de forma objetiva e leve. Criamos defesas, construímos muros, nos escondemos sob camadas e mais camadas de proteções inconscientes.

Estamos sempre fugindo do confronto com nossa alma. E por mais que nos achemos bem resolvidos, bem equilibrados, sensatos e felizes, a vida é feita de altos e baixos, luz e escuridão. E, quer desejemos ou não, algumas sombras existem dentro de nós. Fingir que elas não existem é um modo de viver a vida. Porém, sem perceber, isso pode se tornar um peso do qual nunca conseguiremos nos livrar.

Descobrir o porquê de você ter optado por um caminho em detrimento de outro; ou o motivo que te levou a se autossabotar naquele momento; ou a causa daquela sua alergia ou dores psicossomáticas pelo corpo; ou sua reação totalmente inesperada diante de uma situação nova; ou o uso de seu livre-arbítrio de uma forma totalmente irracional naquele momento... tudo isso leva a uma maior consciência de nós mesmos, além da aceitação e compreensão de nossas sombras, trazendo-as para a luz e dando novo significado e cura ao que somos.

Ao final, descobriremos que, por mais que tentemos, não podemos fugir de nós mesmos. Cada um é seu próprio destino.

desejo ser
INCLASSIFICÁVEL.
que não julguem nem classifiquem
minha personalidade,
não elaborem diagnósticos a meu respeito;
que me permitam
ser conhecedora de mim mesma
e nunca rotulem ou idealizem minha natureza;
que me aceitem, não tentem me transformar
no que os satisfaz, mas me rouba de mim;
que entendam minhas mutações
e permitam minha evolução;
que não acreditem naquilo que
veem com os olhos — "o essencial é invisível"...
que não haja sofrimento perante
meu mistério, minha introspecção;
que tolerem o que há de mais belo em mim:
minha singularidade. O instrumento único que sou
e que dá sonoridade à orquestra;
que respeitem minha alegria camaleônica,
meu humor de fases;
que minha aparência não seja motivo de discórdia,
que aceitem meu cabelo oscilante de acordo
com a previsão do tempo e das fases da lua;
que eu não seja exorcizada toda vez que
infringir regras sem sentido
ou transgredir modelos pré-fabricados;
que eu possa silenciar de vez em quando
e perder o juízo invariavelmente...
acima de tudo, peço que não me idealize,
pois terei que ser perfeita para você,
e o medo de te decepcionar me afastará de mim...

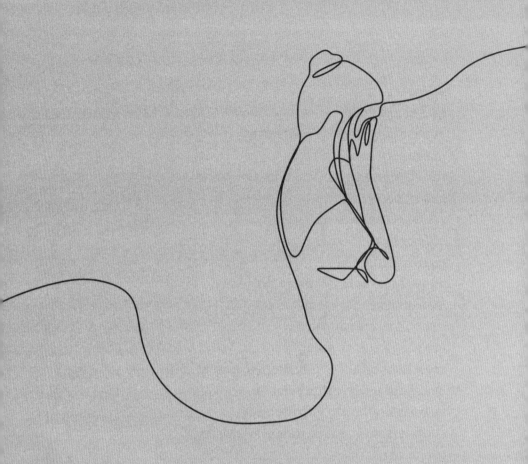

Chega a manhã em que sinto que nada mais precisa ser ocultado, ir embora parece surreal, mas meu coração nunca ficará longe daqui. Tão claro quanto respirar, quanto estar triste. Trago na carne o que aprendi, vou embora acreditando mais do que antes. E existe um motivo, um motivo para voltar. Enquanto cruzo o hemisfério tenho vontade de ir e desaparecer. Eu me machuquei, eu me curei, agora me preparo para pousar, já estou pronto para pousar. Este amor não tem limites.

JON KRAKAUER – "Na natureza selvagem"

A BATALHA MAIS DIFÍCIL É ENTRE O QUE VOCÊ SABE NA SUA MENTE E O QUE VOCÊ SENTE NO SEU CORAÇÃO

Quando você acendeu aquela vela para seu anjo da guarda, orando em silêncio para que ele apagasse aquele sentimento do seu coração, certamente percebeu que o anjo pegou na sua mão, acalmou sua emoção... mas quando a vela se consumiu, o sentimento ainda permanecia ali, não foi?

Talvez você tenha percebido que a batalha mais difícil é aquela entre o que você sabe na sua mente e o que você sente no seu coração.

Exigir que um milagre aconteça, que faça você apagar um sentimento que transborda em sua alma, ou contar com uma benção que faça você esquecer alguém, não funciona. Porque esquecer, esquecer mesmo, só acontece se a gente bater a cabeça e tiver amnésia.

Fugir também não adianta, e mesmo que você se lance numa jornada tão árdua, incrível e perigosa quanto a de Chris McCandless, o Alex Supertramp de "Na natureza selvagem", nem assim você conseguirá se afastar completamente do que sente. Não há saídas mágicas, nem ônibus mágicos, que abreviem o tempo que uma lembrança irá morar em você.

Enquanto milhares de pessoas admiram McCandless por sua rejeição à conformidade e ao materialismo, há um outro viés que deveria ser analisado: a incapacidade do mocinho de enfrentar seus fantasmas de frente; a inabilidade de lidar com a própria família, em especial o pai; a fuga inconsequente que ceifou sua vida; a busca imatura por uma saída mágica que o livrasse de suas angústias.

Na tentativa de cortar vínculos com o passado, Chris adotou outro nome, se cercou de livros, empenhou-se em uma jornada ingênua e arriscada, tudo isso para fugir daquilo com o qual não estava sabendo lidar. Precisou inventar uma fuga tão monumental, e usar uma armadura que transparecesse uma imagem corajosa para esconder aquilo que justamente lhe faltava: coragem!

Coragem de olhar para a existência tal qual ela é, e lidar com seus vazios, suas inconformidades, seus desamparos, entendendo que não há saídas mágicas, nem ônibus mágicos que nos protejam de nós mesmos. Viver dói. Lidar com a ruptura de vínculos que desejávamos que não se rompessem, dói. Arcar com a falta de respostas, com a incapacidade de controlar tudo, dói. Aceitar a imperfeição da vida e suas impossibilidades, dói. Lidar com a falta de sentido e ausência de respostas mágicas, dói. Viver desejando esquecimentos instantâneos que nos permitam seguir em frente, calibrando aquilo que decidimos na mente, mas que ainda não sentimos no coração, não existe... e também dói.

Esquecer não funciona. Fugir não funciona. O que funciona é tentar alinhar o coração com aquilo que você já sabe na mente.

Eu sei que é difícil pra caramba, que vai doer como nunca, que vai lhe custar noites mal dormidas e travesseiros encharcados, mas se você já fez uma escolha consciente, e sabe que tem que desistir daquilo que tanto queria, você não vai mais exigir de si mesmo uma saída mágica.

O que você pode fazer é se pegar pela mão e contar para si mesmo uma história, quantas vezes for necessário. Uma história cheia de detalhes que só você conhece e sente, e que, pouco a pouco, pode convencer seu coração de que ali não é o lugar dele. Conte-se essa história. Não tenha preguiça de repetir a si mesmo os motivos — que você já assimilou na sua mente — que tornam aquela escolha impossível ou fadada ao sofrimento.

A gente gosta de se torturar demais. E o pior é que nem se dá conta disso, acostumados que estamos em resultados rápidos, curas instantâneas e remédios milagrosos que aliviem a dor. Esquecemos que a mente tem um tempo de recuperação diferente do coração; que o aprendizado e a evolução às vezes necessitam de longos invernos da alma; e que alguns ciclos custam mais para ser encerrados do que outros. Então não se cobre tanto, e respeite sua necessidade de tentar mais um pouco se isso te trouxer paz.

Em vez de fugir, mergulhe. Em vez de esquecer, conte para si mesmo, quantas vezes for necessário, a história que você já entendeu na sua mente. Em vez de esperar saídas mágicas, se permita chorar. Em vez de se cobrar uma recuperação imediata, se permita sentir dor e desamparo, respeitando seu próprio tempo. Em vez de lamentar aquilo que não pode mudar, entenda que essa foi a possibilidade de você se transformar. Em vez de acreditar que perdeu, seja grato por aquilo que aprendeu.

Seu corpo doía,
o coração acelerava,
a cabeça latejava.
o médico não encontrava nada.
um dia descobriu:
havia um sapo na garganta,
palavras não ditas,
choro entalado,
e desejos insatisfeitos acumulados.

(quantas vezes disse "sim" querendo dizer "não"?)

PARTE 2:
CHUVA NO TELHADO
(ENCONTRO)

Eu adorava
perguntar
o que eu era
pra você.
não que eu
tivesse dúvidas,
mas porque
meus lábios sorriam
toda vez que você dizia
que eu era
a insensatez
mais razoável
e a dificuldade
mais antagônica
da sua vida.
(me apaixonei)

Devia ter havido momentos, mesmo naquela tarde, em que Daisy ficara muito aquém de seus sonhos — não por culpa dela, mas devido à enorme vitalidade da ilusão que ele alimentara. Sua ilusão tinha-se projetado além dela, além de tudo. Ela lançara-se ao seu sonho com uma paixão criadora, acrescentando-lhe incessantemente alguma coisa, enfeitando-o com todas as vigorosas plumagens com que deparava. Quantidade alguma de ardor ou de entusiasmo pode competir com aquilo que um homem pode armazenar em seu fantasmagórico coração.

F. SCOTT FITZGERALD — "O grande Gatsby"

CONEXÕES DE PELE SÃO PASSAGEIRAS. CONEXÕES DE ALMA DURAM A VIDA INTEIRA

É difícil explicar as razões que nos fazem simpatizar de cara com alguém. É difícil encontrar motivos que justifiquem a alegria espontânea que sentimos quando estamos perto dessa pessoa ou a falta absurda que ela nos faz, mesmo que a tenhamos conhecido há pouco tempo.

Mas acontece. Algumas pessoas cruzam nosso caminho e a conexão é imediata. Dizem que as almas já se conheciam e por isso não são necessárias apresentações, explicações, conclusões. A gente apenas sente, e ponto. Com elas ficamos à vontade, sentimos familiaridade, temos vontade de descalçar os sapatos, abrir uma garrafa de vinho e passar o resto do dia, da semana, do ano... falando da vida, rindo à toa e confessando segredos sem receio do choro vir à tona.

Quando há conexão de almas, a gente se reconhece no olhar. Antes mesmo das apresentações, sentimos proximidade. E por mais que faltem explicações, sobram semelhanças e sincronicidade. É como se o Universo conspirasse a favor, e os caminhos estivessem fadados a se cruzar.

Algumas coisas são inexplicáveis nessa vida, e a conexão imediata que sentimos perto de algumas pessoas é assim também. Nem sempre a pessoa é a mais bonita, mas nos atrai de maneira inexplicável e intensa. Ela sorri e você tem vontade de sorrir também; você abre a boca para falar algo, ela interrompe com aquilo que você estava prestes a dizer; você pensa nela, ela te manda uma mensagem no WhatsApp; você perde o sono e descobre que na mesma noite ela sonhou com você.

Conexão é algo inexplicável, que faz com que você se veja refletido no outro de uma maneira que faz você gostar mais de si mesmo. Não há censura, julgamento ou condenação. Você é acolhido e aceito como é, e aquilo que parecia tão difícil ou complicado, vai ficando mais leve e fácil de carregar.

No clássico "O grande Gatsby", de F. Scott Fitzgerald, o personagem central, Jay Gatsby, é um milionário famoso por promover festas suntuosas em sua mansão, na esperança de que Daisy, sua antiga paixão, compareça a uma delas. Numa das passagens do livro, o narrador diz: "Nenhum fogo poderia destruir o conto de fadas que ele tinha em seu coração". Eu adoro essa passagem por isso: amores não vividos sempre carregarão a perpétua fantasia de que seriam perfeitos.

De vez em quando conhecemos alguém e temos a sensação de que já o conhecíamos anteriormente. O psicanalista Christian Dunker explica essa familiaridade ou "conexão de almas" dizendo que o indivíduo tem algumas lacunas, repressões ou resistências dentro de si. É como se a pessoa olhasse algo, mas não enxergasse; ouvisse algo, mas não escutasse. Até que aparece uma outra pessoa que faz a integração. Essa pessoa entra na nossa vida reunindo traços de percepção ou traços de desejo que estavam em pendência. Assim, a sensação é de que já o conhecíamos, mas na verdade o que ocorreu foi que essa pessoa trouxe algo que nos fez entrar em contato com nossas lacunas e não aceitações, com aquilo que precisávamos lidar em um ou outro momento da vida, e de repente tudo faz sentido.

Entendendo ou não de psicanálise, o fato é que gostaríamos de acreditar que seria possível passar um dia inteiro ao lado de alguém que acabamos de conhecer num trem — como no filme "Antes do amanhecer" — e encontrar no outro o tipo de afinidade que estivemos buscando a vida toda. O filme fez tanto sucesso na década de 1990 que virou uma trilogia (se não assistiram, corram para ver). A trilogia gravada com o mesmo elenco entre os anos de 1995 e 2013 fala desse tipo de conexão rara, que pode nascer de um encontro casual e durar uma vida inteira.

Acredito que isso seja possível, sim. O encantamento, a simpatia gratuita e a conexão imediata que sentimos ao lado de algumas pessoas nos fazem acreditar que nem tudo tem explicação lógica, e que nossa alma tem mais mistérios do que podemos supor ou entender. Sinta-se abençoado se alguma vez conseguiu sentir isso. Sinta-se privilegiado se a outra pessoa sentiu o mesmo que você. Conexões de pele são passageiras. Conexões de alma duram a vida inteira.

Entre todas as esquinas,
você cruzou
justamente o meu caminho.
de todos os locais de trabalho,
você escolheu assinar o ponto
exatamente
no meu.
entre todas as ruas,
você veio morar logo
na minha.
de todas as coincidências ou sincronicidades,
você foi
o encontro mais bonito

Willie e eu tivemos uma dessas brigas que fazem história na vida de um casal e merecem nome próprio — feito "guerra de Arauco", como ficou conhecida na família uma que fez com que meus pais andassem armados durante quatro meses —, mas agora, quando se passaram muitos anos e posso olhar para trás, dou razão a Willie (...) Foi um choque de personalidades e culturas.

ISABEL ALLENDE – "A soma dos dias"

RELAÇÕES QUE NOS DESAFIAM SÃO MAIS ENRIQUECEDORAS. RELAÇÕES QUE REFLETEM EXATAMENTE UM ESPELHO DE QUEM SOMOS SÃO EMPOBRECEDORAS

No livro de memórias de Isabel Allende, "A soma dos dias", ela relata uma das brigas épicas que teve com o então marido, o advogado e escritor Willie Gordon:

> Willie e eu tivemos uma dessas brigas que fazem história na vida de um casal e merecem nome próprio — feito "guerra de Arauco", como ficou conhecida na família uma que fez com que meus pais andassem armados durante quatro meses —, mas agora, quando se passaram muitos anos e posso olhar para trás, dou razão a Willie (...) Foi um choque de personalidades e culturas.

A união acabou após 27 anos, e foi marcada por tragédias; ela perdeu uma filha, enquanto ele perdeu dois. Foi um relacionamento forte e bonito, pontuado pelas diferenças de cultura e de personalidade.

Essas diferenças podem ser encaradas como divisores de águas numa relação ou, ao contrário, como oportunidades de aprender, evoluir, e assimilar outras formas de responder aos desafios da existência. Se estivermos abertos o bastante para aceitar as diferenças como aprendizados e não afrontas, enriqueceremos como pessoas.

Quando eu desejo que o outro seja exatamente como sou, que aja precisamente como eu agiria se estivesse no lugar dele, que cumpra minhas expectativas e meus anseios da forma como imagino, que diga o que espero ouvir, que tenha atitudes semelhantes às minhas, que seja tão entusiasmado quanto eu por aquilo que me interessa, que tenha gostos semelhantes aos meus, que vibre com a mesma intensidade que eu, que se cale nos momentos que eu imagino como certos, que se comporte segundo os meus critérios, que se limite naquilo que eu acho justo que ele se contenha, que cumpra exatamente o meu script... quando desejo isso, estou empobrecendo a relação e, mais ainda, estou esgotando minhas possibilidades de evoluir e crescer como pessoa.

Precisamos de provocações. De sermos desafiados a encarar a vida com novo olhar; de sermos encorajados a tirar as lentes com que percebemos o mundo para enxergar outras possibilidades e maneiras de conduzir a existência. Precisamos começar a aceitar a singularidade do outro, entendendo que há outras formas de analisar, sentir e reagir a uma situação, e não somente a forma como aprendemos, e que, por isso, julgamos como certa. Precisamos estar bem confortáveis com a liberdade do outro, sem que isso seja apontado como uma afronta a nós mesmos.

Numa relação não existe somente a pessoa A encontrando com a pessoa B, e sim a história da pessoa A se deparando com a história da pessoa B, e essas diferenças precisam ser celebradas, e não lamentadas. Precisamos começar a rever nossas crenças — muitas vezes limitantes — e abrir-nos sem preconceitos ou resistências à maneira como o outro experimenta e vive a vida.

É preciso aprender a lidar melhor com as diferenças, sem querer moldar o outro à nossa imagem e semelhança. Que as diferenças sejam motivos de celebração, e não de frustração ou decepção.

Segundo a psicanálise, a paixão é um equívoco, pois a paixão é uma projeção. Projetamos no outro nossos aspectos (nossas neuroses, nossas formas de nos relacionar, nossas experiências e vivências, nossos traumas) ou projetamos aquilo que desejamos que o outro seja para nós. Porém, na maioria das vezes, estamos completamente enganados a respeito do outro.

Separada de Willie, Isabel Allende encontrou um novo amor aos 75 anos. Numa entrevista, comentou: "Sempre estou alerta, aberta ao mistério da vida, às coisas maravilhosas que nos esperam e às trágicas que a gente não deseja". Ela tem razão. A vida não está aí para ser evitada ou lamentada, mas para ser vivida com coragem e espírito aberto, não deixando que nossas crenças nos limitem, mas que tenhamos uma alma jovem o bastante para ser considerada sempre no processo e nunca pronta.

Tenho vontade
de dizer
"eu te amo",
mas não digo.
Espalhar a notícia,
contar para o caixa da padaria,
publicar no Instagram.
mas ainda é cedo,
e perdi tanta gente
dando amor
cedo demais.

Cecília descalçou as sandálias, desabotoou a blusa e tirou-a, abriu a saia e despiu-a, e foi até a beira da fonte. Ele ficou parado, com as mãos nos quadris, olhando, enquanto ela entrava na água só com a roupa de baixo. Recusar a ajuda dele, recusar qualquer possibilidade de reparação, era o castigo dele. (...) Cecília prendeu a respiração e mergulhou; seu cabelo abriu-se em leque na superfície. Se ela se afogasse, seria o castigo dele.

IAN MCEWAN – "Reparação"

VIVER É CORRER RISCOS. AMAR É SE PROTEGER DOS ESTILHAÇOS

Viver é sentir dor, desamparo, solidão, insegurança — desejo também.

Desejo e amor nem sempre caminham juntos.

O amor nos protege do desejo.

O desejo aguça os sentidos, afasta a lucidez, desarma as defesas.

O amor consola, dá colo, protege.

O início é sempre desejo. Mas o tempo diminui o compasso, tranquiliza as batidas, protege da dor. O amor chega para acalmar a pele que transpira, o coração que acelera, a mente que inventa. De repente nos sentimos seguros de novo, em paz, em casa.

Quando amamos, tudo é familiar. Reconhecemos o cheiro, o gosto, o toque, a mania de encolher os ombros quando não entende alguma coisa. Conhecemos os detalhes encobertos, as histórias que ainda comovem, a intimidade habitual.

Compartilhamos memórias, sonhos, construções. Aprendemos o momento de falar, o de calar. Conhecemos o território proibido — aquele onde só devemos pisar com pantufas de algodão — ficamos experts em matéria de afinidades.

O amor traz segurança.

A segurança trai o desejo.

O desejo é companheiro da dúvida, do não saber, do querer o que não se tem.

O desejo é inseguro, vasculha e-mails em busca de provas, fica na extensão, abre agendas, bolsas e celulares em busca de pistas. O desejo desconfia, arde em ciúmes, briga com o bom senso, rompe com a razão.

Em "Reparação", romance de Ian McEwan, acompanhamos os devaneios de Briony, uma pré-adolescente com a ambição de se tornar escritora. Essa menina inocente, ao tentar entender o mundo adulto da paixão e do desejo, cria uma narrativa cheia de erros que terá consequências graves. O título do livro é intencional, já que todos os personagens, ao longo do drama, tentam reparar aquilo que foi quebrado. A começar pelo vaso, que se quebra logo no início da trama, colocando o casal protagonista, Cecília e Robbie, numa dança de paixão, incompreensão, desejo, esquiva, raiva, amor, turbulência, perturbação e furor.

O casamento nos protege do desejo, traz de volta a lucidez, reconhece o que é eterno. Mas viver um casamento sem desejo é como *crème brûlée* que se esqueceu de flambar: doce e desbotado, calmante e pouco excitante, nutritivo e pouco atraente, leve e nada tentador.

Não acontece de fato, desfalece sem fazer barulho, acomoda-se com consentimento silencioso, renuncia a si mesmo, renega sua origem, denuncia a ausência, resigna-se com o remediado, morre sem esperança.

O segredo está no mistério. Não precisa causar dúvidas, estranhamentos, conspirações... uma pontinha de enigma basta. Deixa uma fagulha de desconhecimento que atormenta, aguça os sentidos. Como fogo que consome o pavio na última esperança de voltar a ser fogueira, a dúvida tem que permanecer, a intimidade tem que revelar sem escancarar, o olhar tem que permitir indagações.

Casamento não pode ser sinônimo de ócio, preguiça, conformidade. O amor se acomoda no que é seguro, mas a vida é dinâmica, incessante, fugaz. O amor acomodado sobrevive na rotina e o desejo corre riscos. Corre o risco de se sentir vivo fora dali, de ser mais tragédia e menos drama, de ser mais discussão e menos entendimento, de ser mais carne e menos pijama de flanela.

Um casamento precisa mais do que o amor companheiro que acalma, compreende, dá colo, carinho e proteção. É preciso conhecer e desconhecer, reconhecer e se assustar com a novidade que chega sem avisar, compreender e se indignar com o que não percebeu.

Renovar os votos é tentar ser menos conhecido, é se fazer diferente para atiçar a dúvida, é discutir para provocar mais amor, é descobrir-se você mesmo quando os dois já se tornaram um, é ir embora para depois voltar, é gritar para tentar recomeçar, é ser menos compassivo e mais passional, é criar momentos de intimidade consigo mesmo longe do outro, apaixonar-se por um *hobby*, afastar-se para a falta ser sentida.

Renovar os votos é entender que nada é definitivo e ninguém é totalmente decifrável.

Mesmo o casal de velhinhos que encontrou a transformação do amor em ternura, sabe que o amor é parceiro da felicidade, mas o desejo é o fogo do maçarico que flamba a vida.

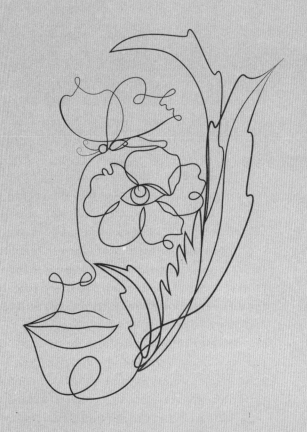

O fato era que Em e Dex não andavam se dando muito bem ultimamente. Era comum ele cancelar os encontros na última hora, e quando se encontravam Dexter parecia distraído, embaraçado. Falavam um com o outro com vozes estranhas e estranguladas, tinham perdido o jeito de um fazer o outro rir, transformando em zombarias em tom jocoso e ferino.
A amizade entre os dois era como um buquê de flores murchas que Emma insistia em regar. Por que não deixar morrer?

DAVID NICHOLLS – "Um dia"

NÃO NASCI PARA AMOR MORNO. OU CONGELA OU PEGA FOGO

"Um café e um amor... Quentes, por favor!" Já dizia Caio F. Abreu, e é verdade. Certas coisas não nasceram para ser mornas. Um café morno, um livro com final enfadonho, um filme que provoca tédio, uma viagem maçante, um amor em banho-maria.

Amor em banho-maria nunca foi meu forte. Ou vibra, pulsa e borbulha junto comigo ou desliga logo esse fogo brando que nem ferve nem resfria de vez. Estagnação, indecisão e hesitação são atitudes de quem faz dieta emocional, de quem prefere um caldo morno e ralo a uma afeição quente e consistente.

O amor míngua por falta de cuidado. Carece que lhe dê sustento para que não morra de fome de afeto. Não se sacia de gestos contidos e economia de palavras, mas transborda quando sobra coragem, intensidade, desejo e vontade. Sem culpa, sem medo, sem vergonha e sem juízo.

Adoro o livro "Um dia", de David Nicholls. Nele, acompanhamos os encontros e desencontros de Emma Morley e Dexter Mayhew ao longo de vinte anos, sempre na mesma data: 15 de julho. Eles vivem vidas separadas, mas têm uma extraordinária ligação. Em cada reencontro, observamos o amadurecimento, as disputas, os risos e as lágrimas dos personagens. Porém, em alguns momentos, o descompasso entre eles é tão gigante e insuportável que nos perguntamos se o amor entre eles — que chega ao ponto de quase congelar — ainda resistirá. Numa das passagens, lemos: "A amizade entre os dois era como um buquê de flores murchas que Emma insistia em regar. Por que não deixar morrer?".

Se é para ser um "tanto faz" na vida de alguém, melhor não ser nada. Amor tipo "tanto faz" não se move, não se desacomoda, não deseja nem busca respostas. Amor tipo "tanto faz" é indiferente, morno, monossilábico. Só corresponde quando convém, só aparece pra te fazer de refém.

Quantas vezes não recusamos amores inteiros e dispostos a atravessar a vida conosco, e nos fixamos em amores de migalhas, pontos diminutos de luz no infinito, na esperança de que aquela faísca se torne uma estrela brilhante em nossa vida? O porquê disso acontecer eu não sei, mas talvez haja conexão com nossos primeiros afetos, com a forma como aprendemos a aceitar ou recusar atenção e cuidado.

Para aquecer um café e um amor, é preciso fogo, energia, empenho e vontade. Sem esses ingredientes, a bebida e o afeto esfriam, perdem o gosto e a graça, só servem para matar a fome de quem não se importa mais com o sabor das coisas e da vida.

Que a gente aprenda a aceitar o que aquece a alma e recusar o que congela o coração. Que não nos falte café nem amor, mas que sejam quentes, por favor.

"SE VOCÊ QUISER PROTEGER SEU CORAÇÃO, VAI EVITAR MUITA DOR. MAS TAMBÉM VAI VIVER UMA VIDA PELA METADE"

Rupi Kaur, uma das escritoras mais lidas da atualidade, em seu intenso livro "Outros jeitos de usar a boca", diz:

eu não sei o que é viver uma vida equilibrada
quando fico triste
eu não choro eu derramo
quando fico feliz
eu não sorrio eu brilho
quando fico com raiva
eu não grito, eu ardo

a vantagem de sentir os extremos é que
quando eu amo eu dou asas
mas isso talvez não seja
uma coisa tão boa porque
 eles sempre vão embora
e você precisa ver
 quando quebram meu coração
 eu não sofro
eu estilhaço

Muita gente se identifica com a escritora indiana, com seu jeito poderoso de se expressar e viver a vida. E confesso que carrego um tanto dessa intensidade também, talvez por tentar dar voz àquilo que me toca e sensibiliza, mas principalmente por desejar experimentar a vida em toda sua grandeza, com suor, saliva e lágrimas.

Na série "Virgin River", há um episódio em que Annette O'Toole, atriz que interpreta Hope, diz: "Se você quiser proteger seu coração, vai evitar muita dor. Mas também vai viver uma vida pela metade". Me lembro do momento em que ouvi essa frase na série, justamente da boca de uma personagem que tentava, a muito custo, se blindar do sentimento que ainda nutria pelo ex-marido. Ela havia passado uma vida tentando negar aquele amor e, naquele momento, aconselhava uma das jovens a não fazer o mesmo.

É vital proteger o próprio coração, mas não podemos passar uma vida inteira fugindo dos estilhaços que podem nos atingir quando experimentamos viver um grande amor.

Às vezes é preciso perder o equilíbrio por amor. A vida nos provoca o tempo todo, e em alguns momentos ela nos desafia a sair da nossa zona de conforto, ficar à flor da pele, e sermos corajosos o bastante para deixar sangrar um pouco mais o nosso coração. Tentar, arriscar e perceber que fomos modificados para sempre é algo que pode até nos deixar em pedaços, mas também nos mostra que fomos fortes o bastante para arder, brilhar, estilhaçar... e atravessar.

O silêncio, o autocontrole e a sensatez são características louváveis, que demonstram bom senso, equilíbrio e juízo. Porém, acreditar que o amor é um jogo e não ousar lançar os dados é o mesmo que escolher fugir e se despedaçar por não suportar ficar, se estilhaçar e finalmente avançar.

Viver uma vida pela metade, nos blindando da dor, é uma opção. Mas não sei se nos torna pessoas mais felizes. Fugir da intensidade, agindo de forma distante e fria, nos protege da ferida. Mas o risco... ah, o risco nos aproxima da experiência de estarmos vivos, e mesmo que ele nos corte ao meio, nos ensina que somos capazes de nos erguer de novo. E, com sorte, de amarmos melhor.

São poucos os que têm o coração bastante firme para amar sem receber alguma coisa em troca.

JANE AUSTEN – "Orgulho e preconceito"

A MELHOR MANEIRA DE SEGURAR ALGUÉM É SOLTAR ESSA PESSOA

Lendo o romance "Orgulho e preconceito" de Jane Austen, logo no início uma das mocinhas dá um conselho à outra jovem, dizendo: "São poucos os que têm o coração bastante firme para amar sem receber alguma coisa em troca".

O livro foi escrito no século XVIII, e podemos concluir que desde aquele tempo (e talvez por todo o sempre), amar de forma desapegada é difícil, e algumas pessoas farão de tudo para manter aqueles que amam por perto, atadas a elas por um nó tão firme que acabará por sufocar o amor. Assim, aprender a amar de forma desapegada é uma maneira de amadurecer, de descobrir a própria individualidade, de rever as questões mais profundas do passado e dar novo significado ao medo do abandono e da solidão.

É claro que acredito no valor da reciprocidade, de cuidar dos relacionamentos com interesse e atenção, de cultivar alegria e afeição no dia a dia, mas isso tem que ser espontâneo, voluntário, natural.

Amar alguém não pode ser uma relação de posse, de domínio e controle sobre o outro, de desejar que o outro corresponda às minhas expectativas, de cobrança por atenção e carinho. A convivência saudável só acontece entre duas pessoas que escolheram estar juntas por livre e espontânea vontade, e não entre uma que evita a relação a todo custo enquanto a outra busca e até exige um comprometimento que o(a) parceiro(a) não pode ou não quer ter.

Há muita confusão por aí. Cada pessoa entende o amor de uma forma diferente, pois essa concepção pessoal não se instalou no agora, e sim naquelas memórias muito antigas que carregamos dentro da gente e que nem sempre temos consciência do quanto ainda nos afetam. Assim, o que entendo como amor não é o mesmo que você entende, e na hora de nos relacionarmos, posso estragar tudo cobrando algo de você que você não pode me dar; algo que para mim é amor, mas que para você é algo completamente oposto.

Muitas vezes apontamos o dedo para o outro dizendo: "Ah, mas se você me amasse de verdade você faria isso ou aquilo...". Porém, para o outro, essa pode não ser, nem de longe, uma manifestação de afeto. Portanto, nem sempre nos relacionamos com o outro, e sim com projeções de nós mesmos. E exigimos que o outro faça o que nós mesmos faríamos no lugar dele. Porém, não é assim que funciona. E, se queremos amadurecer realmente, vamos ter que entender que precisamos aprender a lidar e aceitar as diferenças, sem tentar mudar ninguém, sem tentar transformar ninguém em um reflexo nosso.

Desapego é quando consigo deixar o outro ser ele mesmo, ainda que isso me leve a sentir falta, sentir saudade, sentir vontade de estar junto mais vezes do que o outro sente. Ninguém tem necessidades iguais, e não posso exigir que uma pessoa sinta a minha falta tanto quanto eu sinto a falta dela. O que posso fazer é tentar me desligar um pouco também, não através de joguinhos de poder, mas cuidando mais de mim, aproveitando a companhia de outras pessoas, me interessando por outras coisas.

É claro que existe uma linha tênue entre desapego e desinteresse. Desapego não é desamor, e sim uma maneira de viver respeitando a própria individualidade, o próprio tempo, as próprias necessidades, e não exigir que o outro viva de acordo com meu tempo e minhas regras. Já o desinteresse denota desamor. Pois no desinteresse a pessoa não se vincula, se desliga da vida do outro por completo, só aparece quando deseja se beneficiar de alguma maneira, não acrescenta nada de bom à vida da outra pessoa.

É preciso cuidar das relações com carinho. Porém, as pessoas têm concepções diferentes do que significa amar. Respeitar e aceitar a maneira do outro se doar pode ser a chave para uma convivência verdadeiramente amorosa, nunca nos esquecendo que a melhor maneira de ter alguém é soltar essa pessoa...

Caminhou até o lado da cama, enfiou as mãos nas cobertas e procurou o rosário errante. Então entrou debaixo das cobertas e agarrou-a freneticamente, seus braços prendendo os dela, suas pernas entrelaçadas nas dela. Não era paixão, era apenas o frio de uma noite de inverno e ela era um pequeno fogão de mulher cuja tristeza e cujo calor o atraíram desde o início. Quinze invernos, noite após noite, e uma mulher quente acolhendo em seu corpo pés como gelo, mãos e braços como gelo; pensou em tal amor e suspirou.

JOHN FANTE — "Espere a primavera, Bandini"

O TEMPO DA DELICADEZA

Gosto muito de livros e filmes que retratam recomeços. Deve ser porque lá no fundo a gente esteja sempre recomeçando, mesmo que não perceba.

Todos os dias estamos fazendo escolhas, decidindo voltar para casa, para os braços de quem amamos, para a vida que vivemos.

Escolher o mesmo amor todos os dias é um milagre.

Porque todo afeto é feito de pessoas. E pessoas são incompletas e imperfeitas (o amor também).

Tem gente que imagina o amor como solução. Não entendeu que amor é construção.

John Fante, um dos escritores que mais me inspiram, narra uma cena que me comove pela honestidade. Svevo Bandini não era um homem apaixonado pela esposa. Mas ela era a mulher "cuja tristeza e calor o atraíram desde o início". Ele se aproxima da cama, o quarto tão frio que baforadas de vapor saíam-lhe da respiração pelos lábios. E então encontra Maria.

Ela era sua mulher e falava raramente, mas o cansava com seus constantes eu te amo. Caminhou até o lado da cama, enfiou as mãos nas cobertas e procurou o rosário errante. Então entrou debaixo das cobertas e agarrou-a freneticamente, seus braços prendendo os dela, suas pernas entrelaçadas nas dela. Não era paixão, era apenas o frio de uma noite de inverno e ela era um pequeno fogão de mulher cuja tristeza e cujo calor o atraíram desde o início. Quinze invernos, noite após noite, e uma mulher quente acolhendo em seu corpo pés como gelo, mãos e braços como gelo; pensou em tal amor e suspirou.

Existe um tempo em que o amor amadurece. Chico Buarque chamou esse tempo de "Tempo da delicadeza", e definiu lindamente como o "tempo que refaz o que desfez".

Não importa de que matéria é feito seu amor. Você nunca poderá controlar ou evitar que algumas lascas ou rachaduras aconteçam durante o percurso. E quando isso ocorrer, você terá duas opções: partir ou permanecer.

E é nessa hora, no instante em que você decide ficar, que o amor cria raízes. É nessa hora que você entende que entrou no "Tempo da delicadeza" e terá que refazer o que foi desfeito — de que forma for.

Ter que escolher talvez diga mais sobre você do que não ter que fazer escolha nenhuma.

Quando você descobre a razão que te faz permanecer, você começa a decifrar os motivos que te ligam àquela pessoa. Aquilo que faz o amor ser suficiente para você querer voltar para casa todos os dias.

E são essas novas razões que justificam e validam aquelas outras, antigas... pelas quais seu coração se apaixonou. Pois agora você já não enxerga apenas beleza; você percebe os defeitos e tem consciência das lascas.

Então você entende realmente o que são "promessas matrimoniais", muito além do "na alegria e na tristeza, até que a morte nos separe".

Permanecer na estabilidade diante das provações do tempo é aceitar o amor como um emaranhado de angústias, intimidade e gentilezas. É compreender a contradição que existe no que gera prazer e dor. É ser paciente com o tempo de esperas, em que o amor atravessa o deserto do tédio e da rotina. É acreditar que ainda há o que se esperar mesmo quando se esgotaram todas as possibilidades.

É entender que ninguém completa ninguém. O copo que está pela metade permanecerá meio vazio. O amor vem dar sabor, mas não tem vocação de plenitude.

O amor moldado pelo tempo ensina. Mas você tem que se permitir vivenciá-lo.

Tem que serenar a alma e renovar os votos — acreditando no tempo "que refaz o que desfez...".

Você me chama de
linda
e eu esqueço
a dúvida
o medo
o preço.
você
insiste
em me
querer
mesmo quando
eu não
mereço,
e o que mais gosto
em você
é essa
teimosia
em não
desistir
de mim

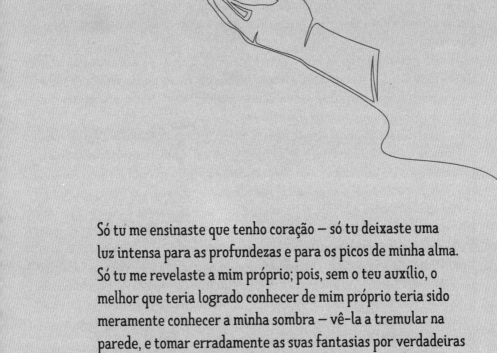

Só tu me ensinaste que tenho coração — só tu deixaste uma luz intensa para as profundezas e para os picos de minha alma. Só tu me revelaste a mim próprio; pois, sem o teu auxílio, o melhor que teria logrado conhecer de mim próprio teria sido meramente conhecer a minha sombra — vê-la a tremular na parede, e tomar erradamente as suas fantasias por verdadeiras ações minhas (...)
Agora, caríssima, compreendes o que fizeste por mim? E não é um tanto assustadora a ideia de que uma ou outra diminuta circunstância podia ter impedido o nosso encontro?

NATHANIEL HAWTHORNE,
carta para Sophia Peabody — 04 de outubro de 1890

LEALDADE X FIDELIDADE

Acho que foi em 1993. Numa entrevista — histórica — para a MTV, Renato Russo disse a Zeca Camargo que achava lealdade mais importante que fidelidade. Eu era menina, mas me lembro de que gravei a entrevista numa fita VHS e revi inúmeras vezes, me intrigando sempre nessa parte.

Eu entendia pouco acerca do amor, dos afetos, da durabilidade das relações. Mas o Renato Russo me influenciava — numa época em que meu pensamento ainda estava sendo moldado — e eu tentava, imaturamente, entender aquela declaração.

Isso foi há 25 anos. De lá pra cá, relações se construíram e desconstruíram na minha frente. E vivendo minha própria experiência, finalmente consigo entender, e de certa forma concordar, com Renato Russo.

A fidelidade é permeada por regras, obrigações, compromisso. É conexão com fio, em que te dou uma ponta e fico com a outra. Assim, ficamos ligados, mas temos que manter a vigília para o fio não escapar e nosso aparelho não desligar. Já a lealdade — permeada pelo vínculo, pela vontade e emoção — é o pacto que se firma não por valores morais, e sim emocionais. É conexão "Wi-Fi: fidelidade sem fio", que faz com que eu continue unida a você independentemente da existência de condutores ou contratos. Permaneço em pleno funcionamento por convicções permanentes e duradouras, invisíveis aos olhos.

Nathaniel Hawthorne, escritor americano e autor, entre outros livros, de "A letra escarlate" ("um retrato dramático e comovente da submissão e da resistência às normas sociais, da paixão e da fragilidade humanas, e uma das obras-primas da literatura mundial"), teve um casamento duradouro e muito feliz com Sophia Peabody. Numa das cartas dirigidas a ela, ele demonstra toda sua lealdade e gratidão: "Só tu me ensinaste que tenho coração — só tu deixaste uma luz intensa para as profundezas e para os picos de minha alma. Só tu me revelaste a mim próprio; pois, sem o teu auxílio, o melhor que teria logrado conhecer de mim próprio teria sido meramente conhecer a minha sombra".

Amor nenhum se atualiza sozinho. O tempo passa, a gente muda, o amor modifica. E nessa evolução toda, a única tecla capaz de atualizar e permitir a duração do amor, é a tecla da lealdade. É ela que conta ao outro que estou mudando, que não gosto mais daquele apelido, ou que aquela mania de encostar os pés gelados em mim debaixo do cobertor ficou chata. É ela que diz que eu gosto tanto do seu cabelo jogado na testa, por que é que não deixa sempre assim? Ou que traduz que tenho medo de te perder, mas ainda assim preciso ser sincera e te contar que na época da faculdade usei drogas, pratiquei magia ou fiz um aborto. É ela que permite que coisas ruins ou não tão bonitas encontrem um refúgio, um lugar seguro onde possam descansar em paz.

É ela que faz o amor se atualizar e durar...

Lealdade é não precisar solicitar conexão. É conectar-se sem demora, reservas ou desconfianças. É compartilhar a senha da própria vida, com tudo de bom e ruim que lhe coube até aqui.

Leal é quem conhece as fraquezas, os reveses, os tombos e as dificuldades do outro e não usa isso como álibi na hora da desavença; ao contrário, suporta sua imperfeição e o ajuda a se levantar.

Leal é quem o defende na sua ausência.

É quem prepara seu terreno, se preocupa com sua dor, antecipa a cura.

Leal é aquele que é fiel por opção, atento ao amor que possui, zeloso com o próprio coração.

É quem não omite o próprio descontentamento, mas aponta o que pode ser feito para não se perder...

Então, sim, eu concordo com Renato Russo e acho que deslealdade separa mais que infidelidade. Pois não adianta não trair por fora, se traio o amor por dentro. Se tenho medo de arriscar e poupo meu afeto de se conhecer por inteiro; se não tolero meu caos e vivo uma mentira imaculada. Se não absolvo minha história nem perdoo meu enredo, desejando fazer dele uma fábula fantasiosa aos olhos de quem amo. Se contrario minha vontade e disposição e omito minhas intolerâncias pra não ferir — me afastando silenciosa e gradativamente até a ruptura. Se me apresento por partes — mostro as melhores, omito as nem tanto — e não permito ser conhecido.

Finalmente, se não confio a ponto de compartilhar o assento do carona — ao meu lado — reservando apenas o banco de trás (e olhe lá!) à minha companhia nessa viagem...

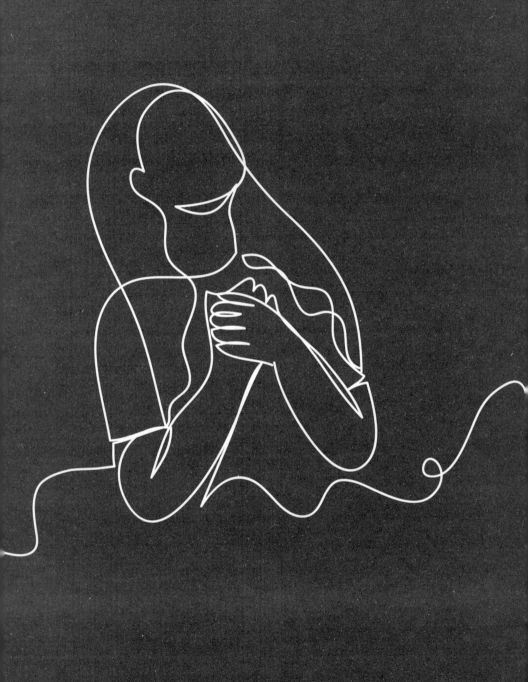

PARTE 3:
TEMPESTADE
(DOR)

"Por que é que a gente
tem que conhecer
o amor da nossa vida
pra não ficar
com ele?
qual o sentido?"

(e-mail de uma leitora, hoje, 12h41)

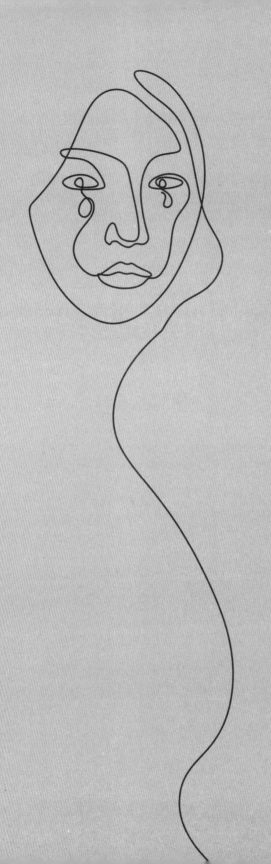

ALGUMAS HISTÓRIAS NASCEM PARA ENSINAR ALGO, NÃO PARA DAR CERTO

No último sábado fui arrebatada por Frida — o filme e o livro — e sua história de dor e amor.

Seu relacionamento com Diego Rivera foi intenso, avassalador, capaz de trazer à tona o melhor e o pior de Frida. As infidelidades do artista mexicano eram algo com as quais Frida desejava lidar bem, com espírito generoso e mente aberta, mas que na prática mexiam demais com seu sangue latino e sua alma sensível.

Num dado momento da história, Frida se dirige a Diego e diz: "Eu tive dois grandes acidentes na vida: o ônibus e você. E você foi o pior".

Se o acidente causou feridas profundas e dolorosas no corpo de Frida, o relacionamento com Diego foi um golpe ainda mais duro, marcando profundamente sua alma.

Quando se casaram, Diego não prometeu fidelidade a Frida. Por amor a ele, ela aceitou o combinado, imaginando que daria conta de lidar com as "puladinhas de cerca" do marido. Porém, na prática, padeceu demais.

Em sua autobiografia, Diego relembra seu divórcio de Frida, consciente do sofrimento de Kahlo:

Nunca fui [...] um esposo fiel, nem com Frida. Assim como com Angelina e Lupe, fiz a vontade dos meus caprichos e tive aventuras. Então, comovido pelo extremo a que havia chegado a condição de Frida [ele se refere à saúde debilitada de Kahlo], comecei a examinar a mim mesmo como cônjuge. Achei muito poucos pontos a meu favor. E mesmo assim eu sabia que não conseguiria mudar. Frida me abandonou ao descobrir que eu tinha um caso com sua melhor amiga [ele se refere a Cristina, sua cunhada]. Frida me deixou, depois retornou com o orgulho um pouco diminuído, mas com o mesmo amor. Eu a amava demais para desejar que ela sofresse, e, para poupá-la de futuros tormentos, decidi me separar dela. No início, apenas insinuei a possibilidade do divórcio, mas quando as minhas indiretas não tiveram resposta, sugeri abertamente a separação. Frida, que já havia se recuperado, respondeu com calma que preferia suportar o que fosse a me perder por completo.

(Extraído do livro "Frida – a biografia", de Hayden Herrera)

Alguns combinados são impossíveis de serem cumpridos. Quando envolvem amor, paixão, desejo... é muito difícil garantir que iremos nos manter frios e indiferentes frente à ameaça de perder alguém.

Amar muito uma pessoa não significa que você ama a relação que tem com ela. E para continuarem se amando, talvez vocês tenham que entender que não funcionam bem juntos. Ou aceitar que esse não é o momento. Deixar ir para ter uma chance de se amarem mais e melhor num outro tempo.

Vocês podem ser o amor da vida um do outro, e nem por isso ficarem juntos. Algumas histórias nascem para ensinar algo, não para dar certo.

Você perde o sono e se pergunta por que vocês não conseguem se entender, já que quando estão perto o riso é certo; mas distantes, falam idiomas diferentes. Quando juntos, a alma aquieta; mas longe, o coração dilacera. O beijo te derrete, mas a língua de aço e as palavras ditas te ferem.

Há uma contradição dolorosa em amores assim. Enfeitiçam com beleza, atração, encantamento, arrebatamento. Hipnotizam com dificuldade, impossibilidade, desejo. Mas também dilaceram, expõem suas partes mais vulneráveis, ferem, deixam em carne viva. Perdê-los amedronta, tê-los dói. Você prefere ter esse amor que machuca a não ter nada.

Há um tempo para cada coisa embaixo do sol. Ir embora antes de o coração aceitar o que a razão já decidiu não alivia as coisas, só piora. Então respeite seu compasso, a maturação da sua decisão, o seu ritmo. Se você acredita que ainda há uma razão para permanecer, respeite. Não adianta fugir, se entregar a outros corpos, pegar um avião e mudar de país.

A cura vem quando o coração entende o que já foi decidido na mente.

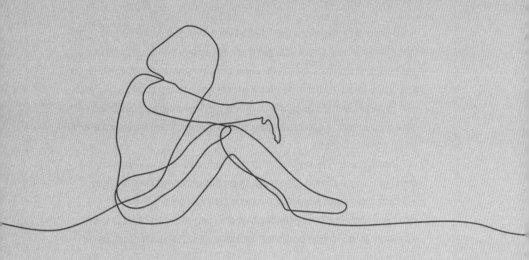

Cada vez que o celular chama,
corro esperando por *você*.
é minha mãe, um áudio da minha amiga,
um vídeo do grupo de ex-alunos.
Descubro que a ausência, a impermanência
e o desejo insatisfeito
têm mais poder que as palavras.
Essas coisas *nunca morrem*,
ainda que a gente morra

Ela era péssima com despedidas

É difícil aceitar que a gente não tem o controle sobre tudo. É difícil perceber que nem todos irão permanecer ao nosso lado, mesmo que a gente deseje muito. É difícil escolher um caminho tendo que renunciar a outro. É difícil desistir de uma história que acabou no dia a dia, mas não finalizou dentro da gente. É difícil perdoar nossa incapacidade de abraçar o mundo e aceitar as despedidas que acontecem com ou sem o nosso consentimento.

Dizem que a vida segue e o tempo cura, mas muitas vezes não queremos que o tempo cure nada, pois "nos curar" das lembranças e do que sentíamos significa aceitar o fim, e isso é tão difícil de lidar que acabamos nos prendendo à dor, pois ela — ao contrário do esquecimento — ainda pode nos ligar àquela história, mesmo que de forma distorcida.

Ela era péssima com despedidas. Comprava as passagens, fazia a mala, enxugava o pranto e não olhava para trás. Mas dentro de si as horas não passavam, o calendário não avançava, as estações congelavam. Sorria um riso machucado e acenava um adeus ensaiado.

Ela não entendia o porquê de ser assim. Mas sabia que algumas coisas dentro de si eram impossíveis de ser dominadas. Podia sorrir e acenar gentilmente, mas não era capaz de controlar o lamento silencioso que a habitava, e que lhe contava que a dor enfeitiçava, e por isso tinha que sorrir, só por teimosia, para não dar o braço a torcer para a melancolia.

Desistir, despedir e desapegar eram verbos que ela não tinha aprendido a conjugar, pois havia sido instruída na escola da esperança, e seus cadernos tinham as folhas preenchidas com a caligrafia da saudade. Arrancar aquelas páginas uma a uma doeria, mas precisava ressignificar os verbos sentir e perdoar, pois não havia nada de errado em seguir em frente, do mesmo modo que não devia haver culpa em deixar pra trás.

Pois no final das contas, a gente cai, levanta, se esfola e cresce. Mas acima de tudo, sai mais vivo.

FINAIS PERFEITOS E FINAIS NECESSÁRIOS

Existem os finais perfeitos e os finais necessários. E algumas vezes o ponto-final acontece antes do fim.

Onde caberia uma vírgula, ponto de interrogação ou reticências, se antecipa o ponto final.

A folha continua, tem muitas linhas em branco até chegar ao rodapé da página, mas preenchê-la até o fim seria diminuir a intensidade do que foi escrito no início.

Não é preciso preencher um caderno inteiro para provar que foi bonito. Às vezes, escrever uma só linha basta.

Algumas histórias nascem para ser curtas, mas isso não diminui a beleza nem a importância.

Insistir em vírgulas quando o ponto final é a única ferramenta possível para fazer a história resistir como uma lembrança inesquecível, é tornar aquilo que poderia ser marcante em algo maçante, que se prolonga além do necessário.

Algumas histórias nascem para ser curtas. Como quando você faz uma viagem para um lugar diferente, lindo e distante. Você se encanta com o frio dilacerante, aplaude o pôr do sol e não se importa de escalar uma montanha para chegar ao topo. A viagem terá curta duração, você sabe, por isso cada instante é vivido com intensidade e emoção. Se, ao contrário, a viagem se torna realidade cotidiana, o prazer se dissipa. E aquilo que seria inesquecível por ter tido um ponto-final, se torna apenas mais uma entre as muitas vírgulas rotineiras da sua narrativa.

Pontos-finais também são atos de amor. Partir antes do fim também é uma forma de eternizar o que foi vivido. É doloroso, mas insistir em parágrafos somente pela necessidade de chegar à última página transforma o amor bonito em ruínas. Às vezes, é preciso finalizar antes da última palavra.

Adoro o poema de Rupi Kaur que diz: "eu não fui embora porque/ eu deixei de te amar/eu fui embora porque quanto mais/eu ficava menos/eu me amava". Partir antes do fim é preservar a porção de dignidade que ainda resta, é poupar o amor de ser lembrado como um fardo, é restaurar o amor-próprio e dar uma chance para que o tempo transforme a dor numa cicatriz-poema, capaz de nos lembrar de que viver sem se machucar é o mesmo que viver sem amar.

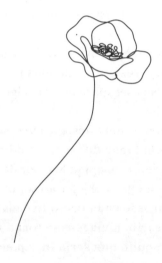

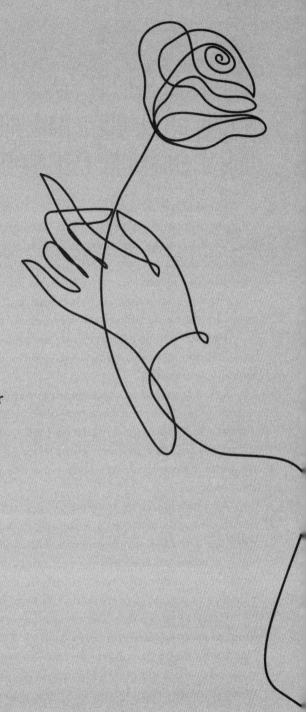

algumas vezes
você vai amar
e *descobrir*
que o amor *dói*.
e você vai continuar
não porque quer
ser *machucada*
pelo amor
mas porque
ainda não chegou
o tempo
de se *despedir*
da dor
(e do amor)

NÃO TENHA MEDO DE SANGRAR SE ISSO VAI TRAZER À TONA UM EU QUE É MAIS VOCÊ DO QUE AQUELE QUE TE ENCARA NO ESPELHO TODOS OS DIAS

Um dos livros que mais tem me dado prazer de ler é "Mulheres que correm com os lobos", da psicanalista junguiana Clarissa Pinkola Estés. Eu leio aos poucos, absorvendo cada história e seu significado em doses homeopáticas. Acredito que seja um livro para ser lido assim, pois as informações ali contidas, combinando mitos e histórias com análises de arquétipos e comentários psicanalíticos, têm que ser elaboradas com cuidado, já que significam um mergulho profundo na natureza feminina.

Um dos trechos do livro que me causou grande empatia foi: "chegar ao fundo do poço, embora extremamente doloroso, é chegar ao terreno de semeadura".

Que ninguém quer sentir dor, principalmente emocional, todo mundo sabe. Mas também é consenso que ninguém estará imune à dor, sobretudo a emocional. Cedo ou tarde, experimentaremos o que significa estar à flor da pele, completamente vulneráveis e totalmente despidos de qualquer armadura que nos proteja da existência e suas desventuras.

Mas há alguém aí dentro que você ainda não conhece, e não é conseguindo todos os *likes* que almeja, ou adquirindo todos os bens que deseja, ou sendo completamente realizado na vida pessoal e profissional que acessará essa pessoa escondida em seu corpo que tem tanto a te dizer. É na dor, no caos, na infinita tristeza que você encontrará a raiz da sua psique, o terreno da sua semeadura.

Deixe chegar a dor. Deixe-a entrar. Deixe-a te mostrar o que uma alma desprotegida é capaz de ensinar. Deixe expor. Deixe desnudar. Não tenha medo de sangrar se isso vai trazer à tona um eu que é mais você do que aquele que te encara no espelho todos os dias. Não tenha medo de desbastar a ferida se é para a cura vir em seguida.

Por fim, me lembro da rosa, e na contradição que ela traz. No encontro perfeito entre o encanto e a ferida. No pacto de dor que há por trás da beleza, e na promessa de bonança que existe encoberta por cada espinho.

Tão contraditórios quanto a rosa são a vida e o amor. Às vezes, o amor machuca, mas ele não deixa de ser amor por isso.

E parafraseando Albert Camus, no fim de nossa jornada de beleza e espinhos, talvez um dia a gente possa reconhecer que: "No meio do inverno aprendi, finalmente, que havia dentro de mim um verão invencível".

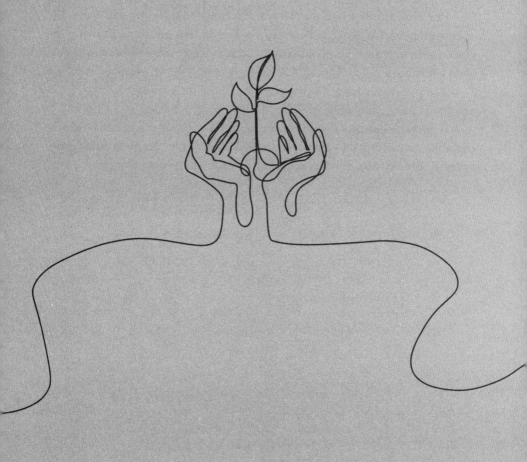

O que tem de ser
tem muita força,
tem uma força enorme.

JOÃO GUIMARÃES ROSA – "Grande Sertão: Veredas"

DEIXE IR. O AMOR NÃO ACONTECE POR INSISTÊNCIA

O amor não acontece por insistência. Às vezes, você precisa soltar para ver o que acontece. Toda vez que forçamos uma situação, saímos um pouco mais machucados. Isso acontece quando tentamos calçar um sapato um número menor que o nosso, ou quando insistimos num relacionamento sem vontade ou disposição da outra parte.

O livro "A hora da estrela", de Clarice Lispector, tem uma frase que diz: "O vazio tem o valor e a semelhança do pleno. Um meio de obter é não procurar, um meio de ter é o de não pedir". Acredito nisso também. Não fazer nada também é uma ação, e pode ser a melhor solução para alcançar o que desejamos. Soltar, deixar ir, libertar, silenciar e nos afastar também são meios de obter sem pedir ou cobrar.

Silenciar, dar espaço para as emoções se acomodarem e a saudade bater, não atropelar tudo com textão e excesso de mensagens, deixar o afastamento mostrar o que é realmente importante e soltar para ressignificar os sentimentos (os nossos e os da pessoa) são atitudes nem sempre fáceis de tomar, porque estamos acostumados a agir, a atropelar tudo com proatividade, ansiedade e antecipação. Porém, precisamos aprender a recuar. A silenciar. A esperar. A simplesmente confiar e deixar que o tempo tome conta.

A gente precisa aprender a dar espaço para as coisas acontecerem. Fazer a nossa parte e depois sossegar a mente e o coração. Nem tudo está sob nosso controle, e interferir naquilo que não está sob nosso domínio pode atrapalhar o curso das coisas. Solte, deixe ir, dê espaço para Deus agir.

Quando agimos com excesso de presença e de palavras, muitas vezes mascaramos o que de fato está acontecendo. Assim, de vez em quando é necessário dar alguns passos para trás para descobrir o que o outro realmente sente. Recue e espere. Segure a ansiedade e veja se há reciprocidade. Manter uma pessoa ao nosso lado por insistência não é digno. Deixe ir. Não insista. Se tiver que retornar para você, não foi porque você insistiu ou prendeu, e sim porque você deixou livre e desejou o melhor para a pessoa que se foi.

Não seja um mendigo afetivo. Não se alegre com migalhinhas virtuais nem comemore *likes* ou visualizações como se fossem provas de amor. Entenda que você merece um amor inteiro, disposto a se doar tanto quanto você se doa. Para isso, não se afobe. Dê espaço para o outro desejar você.

Então lembro de Chico Buarque, cantando com sentimento: "Não se afobe, não/Que nada é pra já/O amor não tem pressa/ele pode esperar em silêncio..." e penso que é isso mesmo. Enquanto o amor não chega, sossegue o coração e cuide de você. Não abandone seus sonhos, seus planos, seus gostos, aquilo que faz seus olhos brilharem. Não tenha pressa, não queira chegar na frente, atropelando tudo e impedindo o outro de agir. O desejo surge da falta, e não da insistência.

Finalmente tenho que concordar com Guimarães Rosa, em seu livro "Grande sertão: Veredas", quando diz: "O que tem de ser tem muita força, tem uma força enorme". Se realmente existe amor, se realmente for para vocês ficarem juntos, não há tempo nem distância que separe. Confie no tempo, confie nas linhas tortas que levam ao destino certo, confie nos rumos que o Universo arranja para as coisas acontecerem. O que tem que ser, tem muita força.

eu sabia
que você
me *magoaria*
e mesmo assim
eu ia.
sabia que não seria
pra sempre
e mesmo assim
eu insistia.
aconteceu
tudo aquilo
que eu *previa*
porém, o que eu não sabia
era que você
jamais *acreditou*
que um dia
eu *desistiria*.
(desisti de você)

O AMOR ACABOU. O ORGULHO FERIDO FICOU

Adoro a música "Acima do Sol", da banda mineira Skank. Nela, Samuel Rosa canta: "Assim ela já vai/achar o cara que lhe queira/como você não quis fazer...", e eu fico imaginando as inúmeras histórias que podem ser narradas com esse refrão, de relações que acabaram por falta de amor, ou não, quando o sentimento foi percebido tarde demais. Porém, muitas vezes esse sentimento não é genuinamente amor, e sim orgulho ferido. É claro que se houve afeto, conexão, sentimento e vínculo, não se trata exclusivamente de um sentimento de perda, mas há muita confusão entre a dor de amor verdadeira e a dor de ter sido trocado, substituído, ou, em outras palavras, de perceber que a vida do outro simplesmente seguiu sem você.

Nos consideramos importantes demais. E perceber que alguém com quem construímos vínculos consegue seguir a vida tranquilamente sem a nossa companhia pode machucar. Hoje, com a felicidade e o desapego expostos na vitrine do Instagram, essa dor advinda do fim incomoda ainda mais. Pois, além de percebermos que a vida do outro seguiu, essa capacidade de virar a página se torna pública e, nesse caso, nossa "humilhação", também. A sensação é a de que estamos sendo observados para saber qual dos dois supera mais rápido, qual dos dois sorri primeiro, qual dos dois consegue desapegar melhor, qual dos dois faz a fila andar num tempo menor. Porém, a vida não é uma corrida pra ver quem vira a página com mais facilidade, ou consegue encontrar graça no dia a dia sem a companhia do outro.

O orgulho, em certa medida, serve para nos proteger e blindar nossa autoestima. Quando nos sentimos vulneráveis na presença de alguém, é comum nos arriscarmos menos. É como se o orgulho nos resguardasse da dor; como se ele fosse o guardião da nossa autoestima, impedindo que nos machuquemos tanto ao sermos rejeitados por alguém especial.

É comum vermos pessoas que após um término de relacionamento, dá de ombros como se não tivesse perdido grande coisa. Ou alguém que comumente é confiante e atrevido, ficar cheio de medo e timidez ao abordar alguém que lhe é especial.

No livro "Ensaios de amor", de Alain de Botton, ele diz: "É uma das ironias do amor o fato de que é mais fácil seduzir com segurança aqueles por quem estamos menos atraídos". Isso realmente é uma ironia, um paradoxo, uma verdade, de fato. Quando não estamos tão atraídos, não nos protegemos tanto. Assim, nos arriscamos mais. E, muitas vezes, somos muito mais bem-sucedidos na conquista. Porém, quando há envolvimento emocional e sentimos o quanto poderemos ficar abalados com uma negativa ou um vácuo, nos blindamos. E acabamos caindo nos joguinhos do orgulho, que nada mais são que tentativas desesperadas de preservar nosso ego intacto.

No livro "Orgulho e preconceito", de Jane Austen, há uma passagem que diz:

> A vaidade e o orgulho são coisas diferentes, embora as palavras sejam frequentemente usadas como sinônimos. Uma pessoa pode ser orgulhosa sem ser vaidosa. O orgulho se relaciona mais com a opinião que temos de nós mesmos, a vaidade com o que desejamos que os outros pensem de nós.

Assim, o orgulho seria o guardião da sua autoestima. Porém, se por um lado ele é importante para impedir que você seja "trouxa" ou "capacho", por outro, quando você tem uma autoestima muito frágil, ele te blinda de simplesmente viver e se arriscar. Assim, quem constrói muros em torno de si e se blinda — muitas vezes passando a imagem de alguém autossuficiente e bem resolvido — pode ser uma pessoa com medo e com a autoestima frágil. "O orgulho se relaciona mais com a opinião que temos de nós mesmos."

Proteja-se a ponto de não permitir que pisem em você, mas não deixe que o orgulho te impeça de se arriscar e viver as coisas boas da vida. Viver carregando a eterna dúvida do "e se..." nos adoece e rouba nossa liberdade. E talvez um dia, tarde demais, possamos perceber que um "não" seria o pior que nos ocorreria, mas o "sim" teria mudado nossa vida.

Quanto ao orgulho ferido, ou à percepção de que a vida do outro seguiu muito bem sem você, meu conselho é: filtre seus sentimentos e reconstrua sua autoestima longe do binóculo alheio. Siga seu caminho e dome sua curiosidade: desista de fuçar, *stalkear*, acompanhar. Cuide de você e liberte seu coração dessa mágoa. Toque seu barco sem perder a fé em si mesmo e, quando a maré subir demais, apenas não desista. Um dia de cada vez, sem pressa, sem necessidade de mostrar ao mundo que superou. Apenas não desista...

Coragem e covardia
são um jogo que se joga a cada instante.

CLARICE LISPECTOR
na crônica *Medo da libertação* – "A descoberta do mundo"

O AMOR NÃO CAUSA MEDO. O QUE CAUSA MEDO É AMAR E TER O CORAÇÃO DESPEDAÇADO

Recentemente citei uma série incrível chamada "Normal People". A série é uma avalanche de humanidade e desamparo, um reflexo honesto de nossas limitações e fragilidades, uma retratação franca de situações familiares a todos nós. Obs.: o próximo parágrafo contém *spoilers* da série, se não quiser ler, pule para o seguinte.

Num dado momento, o personagem Connell, contando os trocados para pagar o quarto que divide com um colega, é despedido do emprego num mercadinho local e, por isso, terá que sublocar o quarto onde mora e voltar para a cidade natal. Outra opção seria se abrir com Marianne, sua namorada, e se mudar de vez para a casa dela, já que passa a maior parte dos dias e das noites lá. Voltar para a cidade natal significaria um esfriamento do relacionamento, e até um possível término. Contar a verdade — que está sem grana e não tem onde morar — na cabeça dele significa se rebaixar, incomodá-la, ser um peso morto. Muito angustiado e sem ser sincero sobre o que está lhe afligindo, ele passa os dias seguintes ao lado dela calado, com um nó na garganta. Ela não sabe de nada, e por isso não pode ajudá-lo. Quando finalmente chega o dia de partir (porque acabou o dinheiro do aluguel), ele simplesmente diz a ela que eles deveriam sair com outras pessoas. Ela ouve, fica completamente arrasada, mas não tenta fazê-lo mudar de ideia. O orgulho é maior, e ela simplesmente concorda. Ele sai e, lá fora, chora. Ela quebra um copo na cozinha, e também desaba. Os dois seguem caminhos distintos, cada um para seu lado, e o espectador percebe que tudo poderia ter sido diferente se simplesmente eles não tivessem orgulho, e se a comunicação entre eles fosse clara e transparente.

Embora não esteja óbvio, Connell e Marianne jogaram. Ao não serem transparentes, e optarem por ocultar suas fragilidades num escudo de orgulho e resistência, desistiram de algo que poderia fazer ambos felizes. Assim como eles, muita gente diz que não joga, mas joga. A intenção pode até ser boa — não quero incomodar, não quero fazer cobranças, não quero expor meus sentimentos de bandeja, não quero ficar vulnerável —, mas o simples fato de sermos antagônicos no querer, sentir e demonstrar torna nossas relações um blefe.

São tempos difíceis, e vivemos com medo de nos machucar. Puxamos o freio de mão nas relações e disfarçamos sentimentos para maquiar nossa fragilidade. "Bem resolvida" é aquela pessoa que não expõe sua vulnerabilidade e consegue encobrir sua insegurança, seu medo da solidão, seu anseio pela companhia ou resposta do outro.

O amor não causa medo. O que causa medo é amar e ter o coração despedaçado. A gente vai se tornando expert em matéria de não se apegar, não se envolver, não demonstrar. A gente finge que não se importa, emudece quando quer gritar, foge quando quer se entregar. A gente fere pra não ser ferido, e abandona para não ser abandonado.

Comunicamos muito mal o que sentimos e desejamos, somos desconexos com nossas emoções e confundimos os outros. Entramos no jogo, topamos a dança, aceitamos a partida, mas quando algo começa a nos ameaçar ou fragilizar, nem sempre somos claros e honestos com nossa mudança de ritmo ou desistência do placar. Magoamos o outro para não nos machucar, e silenciamos covardemente quando poderíamos sentar e conversar.

Ninguém coloca a mão na mesma brasa duas vezes, ou arrisca levar um choque no mesmo lugar em que já se feriu. Aos poucos, a gente aprende como deve agir para proteger o próprio coração. A gente silencia quando entende que nenhuma palavra dita fará diferença, e aprende a ser cada vez mais sucinto nas mensagens quando percebe que quanto mais caracteres, menos entendimento há.

Porém, se diz por aí que as pessoas se afastam porque deduzem mais do que dialogam, e é verdade. Temos vivido um desencontro constante nas relações, um descompasso gigante entre o querer e o demonstrar, um medo absurdo de sermos classificados como carentes ou fracos ao assumirmos o que realmente sentimos. Porém, eu pergunto: isso é vida?

Há uma frase no livro "Os meninos que enganavam nazistas" que diz: "É melhor levar um tapa que machuca do que perder a vida por medo de levar um". E é isso. Chega uma hora em que é preciso arriscar. Entender que o medo de ter medo nos paralisa e condena a viver uma vida pela metade.

Perca o medo de ousar, de perguntar, de se fazer presente, de assumir o que sente. Tá certo que "coragem e covardia são um jogo que se joga a cada instante", como disse Clarice Lispector, mas de vez em quando devemos parar com os jogos que camuflam nossas reais intenções e simplesmente amar, mergulhar, transbordar... Afinal, só se vive uma vez!

você diz que nunca
amou tanto assim
mas tem um beijo
que me *derrete*
e uma língua de aço
que me *fere.*
perto de você
o riso é certo;
mas distantes,
falamos idiomas diferentes.
é amor
porque juntos
a alma *aquieta,*
e é *dor*
porque longe
o coração dilacera

Por mais tranquilos que nos julguemos quando amamos, o amor está sempre em equilíbrio instável dentro do nosso coração.

MARCEL PROUST – "Em busca do tempo perdido"

O AMOR NÃO PODE SER UM JOGO DE PODER, E PARA AMAR NUNCA FORAM NECESSÁRIAS TRINCHEIRAS OU MUNIÇÕES

Quando foi que o amor se tornou um campo de guerra? Quando foi que as regras mudaram, e vence quem desapega mais fácil ou demonstra menos sentimento? Quando foi que nos ensinaram a evitar o medo usando escudos emocionais, e a fugir do que sentimos como forma de bloquear a dor? Quando foi que se tornou fraqueza dizer o que realmente se sente?

Na obra romanesca "Em busca do tempo perdido", de Marcel Proust, há um trecho que diz: "Por mais tranquilos que nos julguemos quando amamos, o amor está sempre em equilíbrio instável dentro do nosso coração". Essa é uma verdade irrefutável, à medida que entendemos que o amor, quer queira quer não, colocará nossa vulnerabilidade à prova e nos deixará à flor da pele, completamente nus. Tentar nos proteger dessa aparente fragilidade por meio de escudos ou jogos emocionais funciona por um tempo, mas até quando evitaremos ser vistos como realmente somos? Até quando fugiremos dos riscos do amor, deixando de viver em plenitude por medo de nos machucarmos?

Muitas pessoas jogam sem saber que jogam. Pois embora existam jogos óbvios, há outros tipos que acontecem para proteger a autoestima — geralmente frágil — e simulam um estado de aparente segurança, autocontrole e altivez. Mergulhar é arriscado. Manter-se no raso é *cool*. Atirar-se de cabeça é "desespero".

De repente, o mundo ficou mesmo ao contrário e ninguém reparou. Demonstrar sentimentos é visto como fraqueza; uma mensagem lida e respondida com rapidez é declaração de desespero; dizer que tem saudade é visto como excessiva intensidade.

Nem sempre quem não te procura não te quer. Pode ser apenas um escudo emocional, mas você quer entrar nesse jogo? Você terá estrutura para sempre ceder, procurar, se doar... enquanto a outra pessoa insiste em se proteger, por medo de amar? Até quando a sanidade das suas relações dependerá exclusivamente de você? Até quando você será visto como fraco porque simplesmente quer proximidade?

No início é normal querer ir devagar. Porém, com o passar do tempo, se não forem abandonados os escudos, o amor se torna um jogo de poder. Vence aquele que se apega menos, aquele que demora mais para responder uma mensagem, aquele que silencia quando algo não sai conforme o combinado, aquele que responde com um joinha uma mensagem cheia de significado.

No filme "Antes que termine o dia", do diretor Gil Junger, Ian (Paul Nicholls) e Samantha (Jennifer Love Hewitt) formam um casal feliz e cheio de planos para o futuro. Enquanto Samantha busca demonstrar seu amor a todo momento, Ian volta sua atenção para a carreira e os amigos. Porém, um acidente muda tudo, e lá pelas tantas Ian diz: "Samantha, eu te amo desde que te conheci, mas não me permiti sentir isso verdadeiramente, eu estava sempre um passo à frente, tomando decisões pra me livrar do medo". Perceber que, assim como Ian, nunca fomos capazes de nos permitir sentir o amor verdadeiramente por querermos nos livrar do medo, não nos torna mais fortes ou poderosos. O amor não pode ser um jogo de poder, e para amar nunca foram necessárias trincheiras ou munições.

Por fim, não tenha medo de ser transparente e com isso perder uma pessoa. Chega de estratégia, chega de escassez, chega de ocultar sentimentos. Isso cansa, desgasta, e pode afastar quem queremos tão bem. Gerar insegurança em alguém pode até funcionar por algum tempo, mas a longo prazo destrói relacionamentos. A adrenalina, tão boa no início, com o tempo se torna a munição do fim.

"sua conduta
não condizia
com a pessoa
que você é.
Você se transformava!" — você dizia.
O modo como eu agia
e te assustava,
era só a exteriorização
do que eu sentia
e doía.
Eu me quebrava
em mil cacos de vidro.
Você se apavorava
com os fragmentos.
Eu me estilhaçava
por dentro...
(ciúmes)

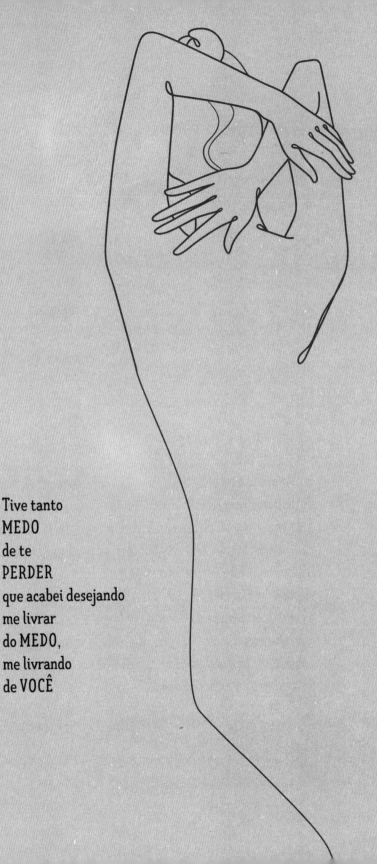

Tive tanto
MEDO
de te
PERDER
que acabei desejando
me livrar
do MEDO,
me livrando
de VOCÊ

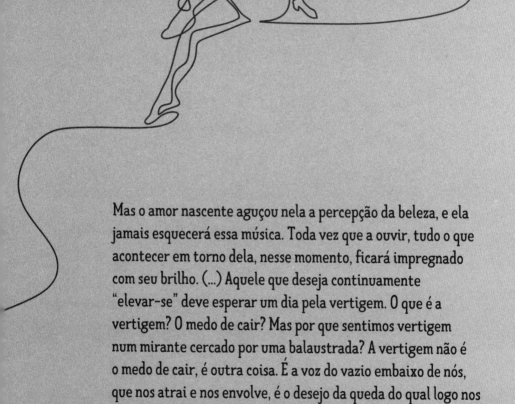

Mas o amor nascente aguçou nela a percepção da beleza, e ela jamais esquecerá essa música. Toda vez que a ouvir, tudo o que acontecer em torno dela, nesse momento, ficará impregnado com seu brilho. (...) Aquele que deseja continuamente "elevar-se" deve esperar um dia pela vertigem. O que é a vertigem? O medo de cair? Mas por que sentimos vertigem num mirante cercado por uma balaustrada? A vertigem não é o medo de cair, é outra coisa. É a voz do vazio embaixo de nós, que nos atrai e nos envolve, é o desejo da queda do qual logo nos defendemos aterrorizados.

MILAN KUNDERA – "A insustentável leveza do ser"

AMORES QUE NÃO CICATRIZAM

Gosto de pensar que carregamos um mundo invisível dentro da gente. Muitas vezes, nem nós mesmos temos noção desse jardim secreto, mas ele está lá, guardando pequenos segredos e algumas memórias. Então de repente, num dia qualquer, uma chave escancara nosso mundo invisível e, sem defesas, somos desafiados a lidar com aquilo que protegíamos tão bem.

Num dos meus textos mais lidos, "O que a memória ama fica eterno", eu conto que quando era pequena, não entendia o choro solto da minha mãe ao ler um livro, assistir a um filme ou ouvir uma música. O que eu não entendia é que minha mãe não chorava pelas coisas visíveis, mas pela eternidade que vivia dentro dela e que eu, na minha meninice, era incapaz de compreender.

Uma música, um livro, um filme... um tropeção sem importância, um cheiro conhecido, um sabor marcante, uma paixão. São pequenos ou grandes gatilhos que podem nos reconectar com nossa memória, com a porção de nós mesmos que ainda tem algo a nos dizer, com a parte de nós mesmos que precisa ser curada, com aquilo que não pode mais ser adiado.

Hoje, mais do que isso, acredito que os relacionamentos que temos ao longo da vida são os maiores gatilhos para entrarmos em contato com o mundo invisível que nos habita. E isso fica muito evidente quando um relacionamento acaba e não conseguimos nos desconectar daquela história. Muitas vezes, não é do relacionamento que não conseguimos nos despedir, e sim da conexão que esse relacionamento fez com nosso mundo invisível, com nossa cadeia de memórias — tão complexa, insondável e mágica.

Alguns amores não cicatrizam. A relação durou pouco, não teve tanta importância ou profundidade, a pessoa com quem você se relacionou seguiu a vida dela... mas você não consegue se desapegar, não consegue deixar pra trás, não consegue se desconectar. Você olha para os fatos, para todas as situações vividas, e simplesmente não compreende o porquê daquela história — justamente aquela história — significar tanto.

Milan Kundera, no clássico "A insustentável leveza do ser", nos confronta com a ambivalente estrutura da vida, com a leveza e o peso que se intercalam em tudo o que experimentamos e sentimos. Assim, o amor estaria no campo do peso. E a leveza, talvez fosse insustentável.

> Quanto mais pesado o fardo, mais próxima da terra está a nossa vida, e mais ela é real e verdadeira. Por outro lado, a ausência total de fardo faz com que o ser humano se torne mais leve do que o ar, com que ele voe, se distancie da terra, do ser terrestre, faz com que ele se torne semirreal, que seus movimentos sejam tão livres quanto insignificantes. Então, o que escolher? O peso ou a leveza?

Sobre o amor, assim ele diz:

> Mas o amor nascente aguçou nela a percepção da beleza, e ela jamais esquecerá essa música. Toda vez que a ouvir, tudo o que acontecer em torno dela, nesse momento, ficará impregnado com seu brilho. Aquele que deseja continuamente "elevar-se" deve esperar um dia pela vertigem. O que é a vertigem? O medo de cair? Mas por que sentimos vertigem num mirante cercado por uma balaustrada? A vertigem não é o medo de cair, é outra coisa. É a voz do vazio embaixo de nós, que nos atrai e nos envolve, é o desejo da queda do qual logo nos defendemos aterrorizados.

Certas paixões fazem a conexão com memórias importantes que tivemos ao longo da vida. Alguns relacionamentos, inclusive os platônicos — e principalmente, talvez, os platônicos — fazem a conexão com nosso mundo invisível e, muitas vezes, desfazer esse vínculo é difícil porque representa desfazer o vínculo com toda a cadeia de memórias importantes que foram conectadas naquela relação.

Paixões são projeções. E aquela familiaridade que sentimos perto de algumas pessoas, aquela paixão à primeira vista, ou o bem-querer imediato (e difícil de se desfazer quando a relação acaba) podem não passar de peças que nosso cérebro nos prega.

Mas não é de graça. Provavelmente, aquela pessoa tão especial foi capaz de abrir nosso baú secreto, ou de nos pegar pela mão e nos levar para passear em nosso jardim insondável. E agora que chegamos lá, não conseguimos dizer adeus e simplesmente ignorar que tivemos nossos compartimentos de afetividade escancarados. Já não é mais possível retornar, e novamente trancar nosso acervo de memórias no sótão.

Talvez devêssemos olhar mais para nós mesmos e para nossa história. Entender e lidar com nossas memórias mais significativas, dolorosas ou difíceis de encarar para então ressignificar o sofrimento pela perda de um amor. Nem sempre choramos pelo fim da relação, e sim por partes de nós mesmos que foram acessadas e agora precisam ser curadas.

Alguns amores nos transpassam, e revelam algo em nós que nem mesmo sabíamos. Depois de experimentarmos esse tipo de amor, nunca mais voltamos a ser os mesmos. Não há como voltar; nem se arrepender. Só há que se agradecer, e tocar a vida pra frente, entendendo que mesmo que tenham durado pouco — ou menos do que gostaríamos — foram necessários para crescermos.

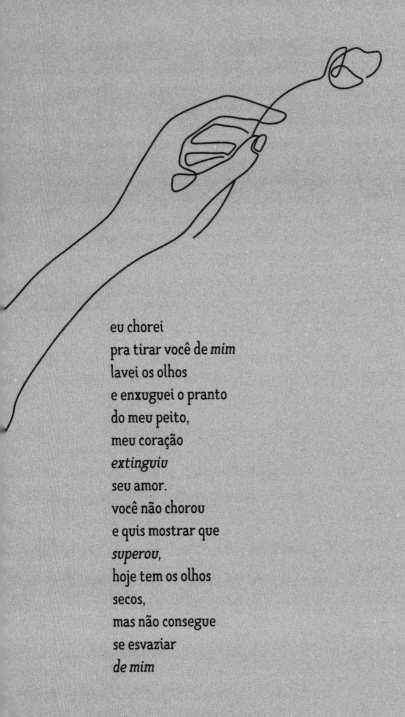

eu chorei
pra tirar você de *mim*
lavei os olhos
e enxuguei o pranto
do meu peito,
meu coração
extinguiu
seu amor.
você não chorou
e quis mostrar que
superou,
hoje tem os olhos
secos,
mas não consegue
se esvaziar
de mim

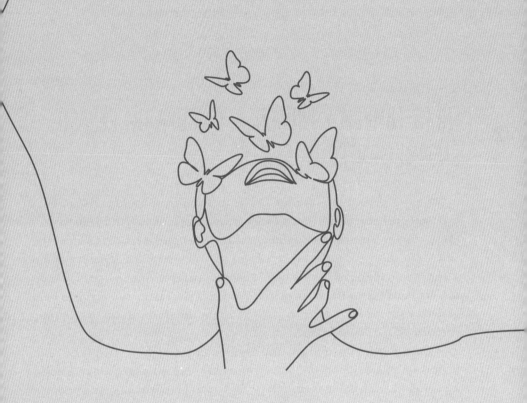

E o que não me faz recordá-la? Não posso olhar para este chão, pois seus traços estão impressos nas lajes! Em cada nuvem, em cada árvore... enchendo o ar à noite, e vislumbrada em cada objeto de dia... Estou cercado pela sua imagem! Os rostos mais comuns de homens e mulheres, meus próprios traços, debocham de mim com alguma semelhança. O mundo inteiro é uma terrível coleção de recordações de que ela existiu, e de que eu a perdi!

EMILY BRONTË – "O morro dos ventos vivantes"

FALTA TAMBÉM É PRESENÇA. E OCUPA UM ESPAÇO ENORME DENTRO DA GENTE

Caio F. Abreu me fascina. De tempos em tempos, uma frase, uma crônica, um lamento seu me alcança e me abraça. Planejando nossa próxima viagem para Paris, me chega *Existe sempre uma coisa ausente*, seu texto sobre a cidade-luz, e a frase que ele próprio assinalara como a síntese de todos os textos que já escrevera. É ele quem diz: "Quando um dia você vier a Paris, procure. E se não vier, para seu próprio bem guarde este recado: *alguma coisa sempre faz falta. Guarde sem dor, embora doa, e em segredo*".

Caio Fernando tem razão. Alguma coisa sempre nos falta. Em alguns momentos mais do que em outros, sempre haverá alguma coisa ausente, alguma coisa incompleta, algo sem encaixe, algo que poderia ter sido e não foi, algo que se almeja, algo que se sente falta, algo que é mais bonito porque não se concretizou, algo que dá saudade, algo com que se sonha, algo que encanta porque falta, alguma coisa que a gente tem noção que é só ilusão do nosso coração.

Falta também é presença, e ocupa um espaço enorme dentro da gente. Em nossas vidas não vividas somos sempre muito mais felizes e realizados que na vida real, palpável e possível, pois projetamos demais. Lá naquele lugar onde imaginamos que seríamos para sempre felizes, só ouviremos o que queremos escutar, só viveremos o que nos trará algum alívio, só encontraremos pessoas "perfeitas" que correspondem exatamente àquilo que consideramos perfeito.

No clássico de Emily Brontë, "O morro dos ventos uivantes", nos deparamos com uma história de amor, obsessão, sombras e abismos. Os protagonistas são Catherine Earnshaw e seu irmão adotivo Heathcliff. De caráter selvagem, rude nos modos e nos afetos, ele desenvolve uma relação de amor e ódio com Cathy. A paixão avassaladora e perversa que nutre por ela, abalada irreversivelmente quando ela decide se casar com outro homem, tem consequências trágicas e amargas para todos:

E o que não me faz recordá-la? Não posso olhar para este chão, pois seus traços estão impressos nas lajes! Em cada nuvem, em cada árvore... enchendo o ar à noite, e vislumbrada em cada objeto de dia... Estou cercado pela sua imagem! Os rostos mais comuns de homens e mulheres, meus próprios traços, debocham de mim com alguma semelhança. O mundo inteiro é uma terrível coleção de recordações de que ela existiu, e de que eu a perdi!

É preciso parar de projetar e começar a viver. Viver com a possibilidade, com os erros, com a imperfeição. Viver com a falta e conviver com ela, com o buraco interior que de vez em quando aumenta, de vez em quando diminui, e algumas vezes desaparece.

A gente exige demais da vida. Projeta demais, espera demais, cria expectativas demais. Mas a vida é imperfeita. As pessoas são imperfeitas. A realidade é imperfeita. E isso tem que bastar. Isso tem que ser suficiente, pois, do contrário, viveremos sempre de buscas e nunca seremos gratos por completar a travessia.

O encantamento que surge da paixão é uma projeção. Uma projeção deliciosa, que nos faz acreditar que o outro é exatamente aquilo que sempre procuramos, e que ao seu lado teremos tudo aquilo que sempre sonhamos. A dor pela perda de alguém por quem nos apaixonamos é a dor pela perda daquilo que queríamos ter vivido e do que imaginamos ter perdido: nossas ilusões, nossos sonhos, nosso encantamento, nossa vida que, nessa projeção, seria perfeita.

Algumas faltas, alguns silêncios e algumas ausências fazem mais barulho dentro da gente do que aquilo que é vivido, resolvido e experimentado. O que não se tem — e que justamente por isso imaginamos com perfeição — ganha maior notoriedade que aquilo que conquistamos e experimentamos.

A gente precisa aprender a viver sem exigir demais, sem criar muitas expectativas, sem buscar na insatisfação algo que preencha nossa vida e aumente nosso vazio.

A simples possibilidade de nos encantar, não exigindo nada além do encantamento, do brilho no olhar e do coração aos pulos deveria nos bastar. Isso por si só já é tão bonito, tão poderoso e nos faz tão verdadeiramente humanos, que já deveria valer e contar. Sem expectativas. Sem exigências. Sem projeções.

Que permaneçam as coisas boas que foram possíveis extrair da vida e do amor. Que a lembrança das borboletas no estômago e do brilho no olhar aqueçam nossas noites de saudades e nos lembrem de que, mesmo não durando, algumas histórias jamais serão esquecidas ou terão sido em vão. E que essas lembranças nos ajudem a ir mais longe e a cuidar mais de nós mesmos, nos levando a entender que tudo valeu, mesmo aquilo que não permaneceu.

eu quis te ligar
pra me despedir
"*um último telefonema*" — eu pedi —
porque precisava finalizar.
"não" — você respondeu —
"*não vamos prolongar o sofrimento.*"
eu não liguei, e aos poucos superei.
agora
quem não finaliza
é você.

MIGALHA NÃO É PÃO. MIGALHA É MIGALHA

Que atire a primeira pedra quem não teve qualquer tipo de plano cancelado por causa da quarentena. Que levante a mão quem não teve que se conformar com a impossibilidade de concretizar um mísero desejo nesse período. Que se pronuncie quem não teve algum tipo de expectativa quebrada com a pandemia.

Em maior ou menor grau, somos seres que esperam. Que desejam e fazem planos. Que acreditam ou têm fé no que virá. Em diferentes proporções, somos pessoas que vivem não somente no hoje, mas também no amanhã. E, querendo ou não, nosso futuro ficou incerto, nebuloso; foi, de alguma forma, cancelado. E mesmo que estejamos tirando de letra esse período, há momentos em que a impossibilidade — de qualquer coisa — nos aflige.

Se antes podíamos ir e vir, com a quarentena muita coisa se reduziu ao espaço da nossa casa, e grande parte da nossa conexão com o mundo ficou restrita à tela do celular. Assim, toda ansiedade, toda angústia e todo excesso de expectativas que tínhamos antes, ganhou proporções ainda mais agudas com o novo arranjo dos dias.

No meio disso, as relações que temos uns com os outros — mas, principalmente, com aqueles que nos interessam — se somou à incerteza do momento e tornou-se ainda mais difícil, ganhando contornos nem sempre explícitos, nem sempre claros, muitas vezes confusos e incompreensíveis.

No livro "O animal agonizante", de Philip Roth, o sessentão David Kepesh, um professor inteligente e renomado, se encontra frente ao dilema do envelhecimento e a constatação de que "nada se aquieta, por mais que a gente envelheça". O protagonista fica obcecado por Consuela, sua aluna, e num dado momento diz: "Todo mundo se torna indefeso diante de alguma coisa, e no meu caso é isso. Diante de uma mulher bonita, não enxergo mais nada".

Somos indefesos. Ficamos vulneráveis. Nada se aquieta aqui dentro. Queremos nos sentir bem, menos angustiados, menos ansiosos, mais felizes e de bem com a vida. E nessa ânsia de recuperar o bem-estar, muitas vezes acabamos metendo os pés pelas mãos e nos colocando em situações ainda mais esmagadoras e inquietantes.

Não é errado você querer se sentir bem, sem angústia ou ansiedade. Não é ruim você desejar que sua expectativa em algo se resolva, e que você possa adquirir um tipo de prazer que vai dar novo sentido ao seu dia, à sua semana. Porém, muitas vezes esse momentâneo prazer será seguido por uma gigantesca frustração que pode lhe arrastar como uma onda desoladora.

Às vezes, é preciso abrir mão do prazer imediato, que é o prazer que vou ter em mandar aquela mensagem ou visualizar aquele *story*... e entender que depois pode vir uma ressaca moral maior do que antes, gerada pela falta de reciprocidade.

Os sinais existem, e a gente sabe disso. Porém, muitas vezes preferimos não enxergar. Ou enxergamos, mas ainda não estamos prontos para aceitar, pois criamos expectativas. E mesmo dizendo para nós mesmos que não esperamos nada, lá dentro ainda há uma vozinha de esperança. Se não houvesse, você não tentaria ("só mais um pouquinho, para ver qual é"). Se não existisse, você não arriscaria aliviar um tantinho da sua angústia de não saber absolutamente nada da vida do outro.

Muitas vezes nos contentamos com migalhinhas afetivas porque simplesmente estamos tão angustiados com nossas incertezas que acreditamos que aquele prazer em receber um "bom dia" seco e sem graça pode aliviar um pouco nossa inquietação. Mas não alivia. Na verdade, só piora.

Às vezes, precisa doer de uma vez para parar de doer. Contentar-se com migalhinhas afetivas, com respostas monossilábicas a mensagens elaboradas, com falta de posicionamento da outra pessoa, com falta de conexão e conversas mais abrangentes, além de um simples "bom dia" ou "boa noite"... tudo isso é sofrer de forma parceladinha. Às vezes, é preferível ter um sofrimento total, com uma boa dose de tristeza e luto, do que ficar preso a uma dor a conta-gotas, que não nos liberta para seguir em frente.

Pare de falar que não vai criar expectativas. Só de falar isso, você já as criou. Talvez fosse mais honesto encarar que você espera sim, que você aguarda uma resposta sim, que você deseja mais desse alguém que só responde suas mensagens, mas nunca, em hipótese alguma, conversa de verdade com você. Admitir que isso dói, que não te faz bem, que só aumenta sua angústia ao invés de aliviá-la é o primeiro passo para arcar com as consequências das expectativas que você cria. Respeite sua tristeza, sofra total e não parceladamente, e decida, de uma vez por todas, se isso lhe basta.

E lembre-se de que migalha não é pão. Migalha é migalha.

trocaria Bali,
Paris e NY
por São Paulo
com *você*.
deixaria o mar,
o vinho
e as luzes da cidade
por uma noite inteira
ao seu lado.
faltou *tempo*.
sobraram *sonhos*.

Coração do outro é uma terra que ninguém pisa. Minha mãe repetia essa oração quando recebia a visita de muda melancolia. Meu coração estava pisado pelo amor, e só eu sabia. Era um caminhar manso como pata de gato traiçoeiro. Fugia com meu amor para todas as penumbras. Seis minutos eram suficientes para a saudade me transbordar. Fui, desde pequeno, contra matar a saudade. Saudade é sentimento que a gente cultiva com o regador para preservar o cheiro de terra encharcada. É bom deixá-la florescer, vê-la brotar como cachos de tomates, desde que permaneçam verdes e longe de faca afiada. Nada tem mais açúcar que um tomate verde.

BARTOLOMEU CAMPOS DE QUEIRÓS – "Vermelho amargo"

CERTAS REVOLUÇÕES NA ALMA SÃO NECESSÁRIAS PRA GENTE SE FORTALECER

Você já parou para imaginar como seria viver sem lembranças tristes, dores ou remorsos? Já imaginou como seria se pudesse apagar da memória todas as frustrações e os momentos ruins que fizeram parte do pacote completo que é a vida?

Pois é nessa possibilidade que se baseia o inesquecível "Brilho eterno de uma mente sem lembranças", longa de 2004, ganhador do Oscar de melhor roteiro original. Jamais me canso desse filme e da mensagem que ele transmite. Na ficção, Joel e Clementine vivem um relacionamento cheio de altos e baixos. Após um término traumático, Clementine decide procurar a empresa Lacuna Inc e se submeter a um procedimento que apaga todas as memórias indesejadas dos pacientes, principalmente aquelas associadas a relacionamentos amorosos. Depois de identificadas, essas lembranças são apagadas para sempre, deixando uma lacuna. Quando descobre que Clementine se submeteu ao procedimento, Joel decide fazer o mesmo. Porém, durante o processo, ele se arrepende, pois percebe que ao apagar os momentos dolorosos perderá também todas as boas lembranças.

Michel Gondry, diretor do filme, constrói uma reflexão profunda, carregada de simbolismo e poesia sobre o fim de um relacionamento amoroso. Somos convidados a rever nossas próprias experiências — boas e ruins — e refletir sobre as consequências do apagamento definitivo de tudo aquilo que fugiu ao nosso combinado, tudo aquilo que de alguma forma nos causou dor, frustração, desapontamento, desilusão.

Porém, mais do que isso, a história de Joel e Clementine nos ajuda a entender que a anulação do sofrimento tem como consequência a aniquilação da experiência de vida como um todo. E que, ao tentar anular definitivamente alguém de nossa lembrança, essa memória pode se tornar ainda mais aguda, e se manifestar de uma maneira ruim, como um ressentimento.

Esquecer é muito forte. Apagar alguém para sempre de nossas vidas significa anular uma parte de nosso próprio eu. Insistir na aniquilação de nossa própria história é uma revolta inútil, que leva a um sofrimento ainda maior.

Bartolomeu Campos de Queirós e seu poético "Vermelho amargo" me seduzem repetidamente. Leio e releio suas páginas, de pungente sentimento do mundo, e sou envolvida pela prosa humana de suas linhas.

Num dos trechos, ele diz:

> Coração do outro é uma terra que ninguém pisa. Minha mãe repetia essa oração quando recebia a visita de muda melancolia. Meu coração estava pisado pelo amor, e só eu sabia. Era um caminhar manso como pata de gato traiçoeiro. Fugia com meu amor para todas as penumbras. Seis minutos eram suficientes para a saudade me transbordar. Fui, desde pequeno, contra matar a saudade. Saudade é sentimento que a gente cultiva com o regador para preservar o cheiro de terra encharcada. É bom deixá-la florescer, vê-la brotar como cachos de tomates, desde que permaneçam verdes e longe de faca afiada. Nada tem mais açúcar que um tomate verde.

Tudo tem seu tempo, e vai chegar o momento em que a lembrança da dor deixará de doer. Será apenas um lembrete de que atravessamos, superamos, nos transformamos. E isso é muito melhor que tentar anular o que foi vivido. "Saudade é sentimento que a gente cultiva com o regador para preservar o cheiro de terra encharcada."

A gente se cobra demais. Cobra a cura do amor e a capacidade de esquecer a pessoa num passe de mágica. Acontece que a gente supera, vira a página, segue o baile, enterra bem fundo aquele amor, mas esquecer... esquecer é muito forte. Esquecer é apagar uma parte de nós mesmos e de nossa história.

É preciso dar um passo por vez. Não desejar a cura instantânea da dor, do desapontamento, da desilusão, mas acreditar que vai passar. Não se revoltar contra o que foi vivido, mas entender que esse caminho precisava ser percorrido. Não se culpar por aquilo que não pôde controlar, mas se permitir agradar a si mesmo em primeiro lugar.

Não só o relacionamento de Clementine e Joel era repleto de altos e baixos. A vida também é assim. Intercala momentos de sofrimento e felicidade, encontro e desencontro, segurança e incerteza, conquista e perda, desfecho e recomeço. Negar o sofrimento é deixar de reconhecer a felicidade, e vice-versa. Experimentar a vida aceitando a tristeza como parte da alegria nos ajuda a superar a angústia frente à imperfeição da existência e das pessoas, levando-nos a crer que não é preciso esquecer para amadurecer, e que certas revoluções na alma são necessárias pra gente se fortalecer.

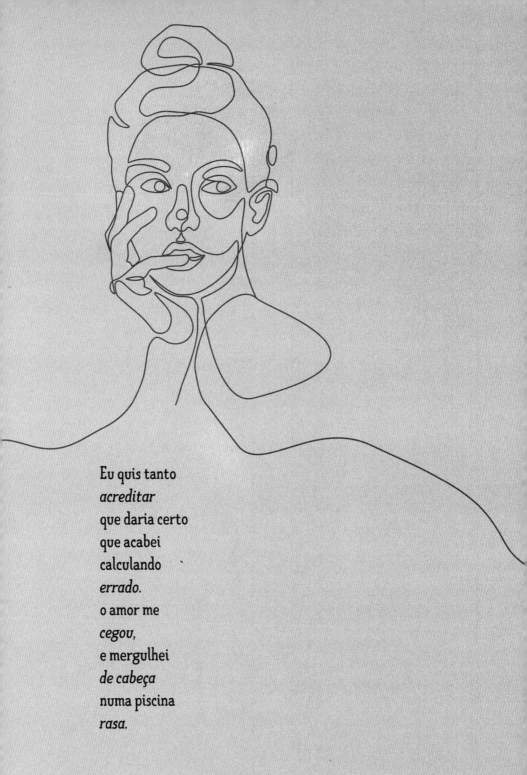

Eu quis tanto
acreditar
que daria certo
que acabei
calculando
errado.
o amor me
cegou,
e mergulhei
de cabeça
numa piscina
rasa.

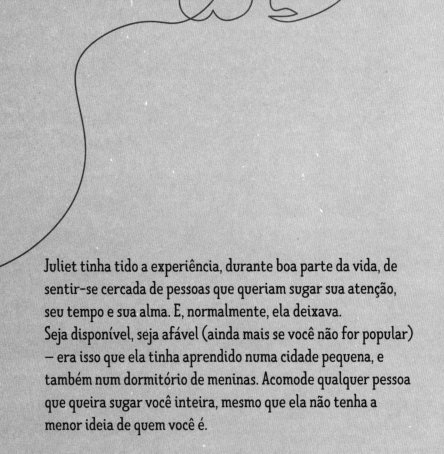

Juliet tinha tido a experiência, durante boa parte da vida, de sentir-se cercada de pessoas que queriam sugar sua atenção, seu tempo e sua alma. E, normalmente, ela deixava.
Seja disponível, seja afável (ainda mais se você não for popular) — era isso que ela tinha aprendido numa cidade pequena, e também num dormitório de meninas. Acomode qualquer pessoa que queira sugar você inteira, mesmo que ela não tenha a menor ideia de quem você é.

ALICE MUNRO, no conto *Ocasião* – "Fugitiva"

SE TE FAZ MAL, NÃO SERVE PARA VOCÊ

Olha, menina, precisamos conversar, e quero que preste atenção em mim.

Você é aquela garota da pré-escola que sonhava em ser professora ou astronauta; aquela adolescente do ensino médio que queria viver um amor de cinema e constituir uma família; aquela jovem que entrou com o pé direito na faculdade sonhando com uma carreira promissora e um jogo de cintura para conciliar a vida pessoal e profissional.

Você venceu. Do seu jeito, tendo as promessas cumpridas ou não, você venceu. É vitoriosa, independente, amada e admirada.

Você venceu porque lutou por seu espaço, porque superou os dissabores da adolescência, porque driblou a guerra com o espelho, porque passou noites em claro planejando o futuro, porque se esforçou, suou e batalhou por cada conquista que tem hoje.

Mas algo não está saindo conforme o combinado, e você sabe disso.

A exemplo de Juliet, personagem de Alice Munro no conto *Ocasião*, você se desculpa por dizer o que deseja, e de que forma deseja. Você se culpa por ser quem é, e por querer impor suas vontades.

> Juliet tinha tido a experiência, durante boa parte da vida, de sentir-se cercada de pessoas que queriam sugar sua atenção, seu tempo e sua alma. E, normalmente, ela deixava.
> Seja disponível, seja afável (ainda mais se você não for popular) – era isso que ela tinha aprendido numa cidade pequena, e também num dormitório de meninas. Acomode qualquer pessoa que queira sugar você inteira, mesmo que ela não tenha a menor ideia de quem você é.

Você sofre e se pergunta se está fazendo tempestade em copo d'água, se exige demais da vida, agindo como uma garotinha mimada que quer ter todos os desejos atendidos.

Mas lá no fundo você sabe que algo está ruim, que algo está tirando sua paz, e embora tenha inúmeras chances de virar o jogo e ser feliz, você se apega à infelicidade. Por que faz isso com você? Por que continua aceitando migalhas quando pode ter o banquete inteiro?

Você escuta que deve tratar uma pessoa como ela te trata, mas você não consegue ser fria e distante desse jeito. Você até tenta, mas não é como gostaria que as coisas fossem.

Você padece com a frieza dele, e sofre, sofre, sofre. Chora e não pode reclamar, pois ele dirá que você está fazendo drama, que odeia cobranças, que você não tem esse direito. Por que você continua aí?

Você tem amigos, pessoas que te amam, mora no próprio apartamento, é linda, inteligente, independente, amada e admirada por tanta gente... você merece o mundo... você merece o mundo, você venceu. Não volta para a sarjeta, não se iluda com mensagens rasas, não se apegue ao que te faz sofrer! Você tem muito valor!

Por favor, menina, me escute:

Ficar sozinha não é o fim do mundo. Estar solteira não é o pior *status* do Facebook ou da vida como um todo. Você não recebe um carimbo de infelicidade por estar só, ou por desistir de alguém que pouco se importa com você. Chega de tentar sozinha, chega de olhar para o celular de dois em dois minutos, chega de lapidar as mensagens que deseja enviar para não parecer cobradora ou desesperada demais. Você merece alguém que te queira na mesma intensidade, merece receber o mesmo amor que entrega, merece alguém que não te chame de dramática só porque você deseja proximidade.

Pode ser que esse seja o jeito dele se relacionar, mas não é assim que você consegue lidar. Se te faz mal, não serve para você. Algumas pessoas podem tolerar esse tipo de relação, mas você não está conseguindo, e você sabe disso.

Você vai sumir, você vai desaparecer, você vai fazer falta, não para que sua falta seja sentida, mas para reencontrar a si mesma — mais amadurecida e mais feliz. Me ouve. Você tem muito valor, menina! Em nome daquela garotinha que você foi, e que tinha tantas esperanças de ser uma pessoa adulta respeitada, amada, valorizada.

Não permita que te coloquem num lugar menor do que aquele em que você cabe. Você é enorme: enorme em valor, beleza, dignidade, amor, coragem e importância. Você merece o mundo, e não as migalhas de alguém que se tornou grande aos seus olhos, mas na verdade não passa de uma pessoa comum, que pelo simples fato de não te desejar na mesma medida, se agigantou na sua ilusão. Acorde! Viva! Seja feliz se amando em primeiro lugar! Você merece, menina!

eu achava que sabia das coisas, que não deveria ser conduzido por você, que sua segurança me amparava, mas também me limitava.

tive medo de perder a mim mesmo e esquecer quem eu era, quis fugir para buscar minhas próprias respostas. Tenho andado sozinho desde então.

procurando em outros rostos o seu rosto, te buscando nas músicas, bebidas
e ruas.

eu olhava para você e não entendia o meu lugar. Você era perfeita, e eu não suportava a perfeição.

você dizia que eu precisava remar junto, que o barco afundaria se eu não tentasse, mas eu só conseguia desejar pular para o lado de fora.

Sua segurança e coragem de ir adiante me sufocavam, eu não podia competir com isso. Eu precisava me afogar e saber que era capaz de me salvar.

precisava ficar sozinho para saber quem sou. Tinha que percorrer um caminho que era só meu, para depois reencontrar você.

Pensei que eu seria livre. Mas como ser livre com você dentro de mim?

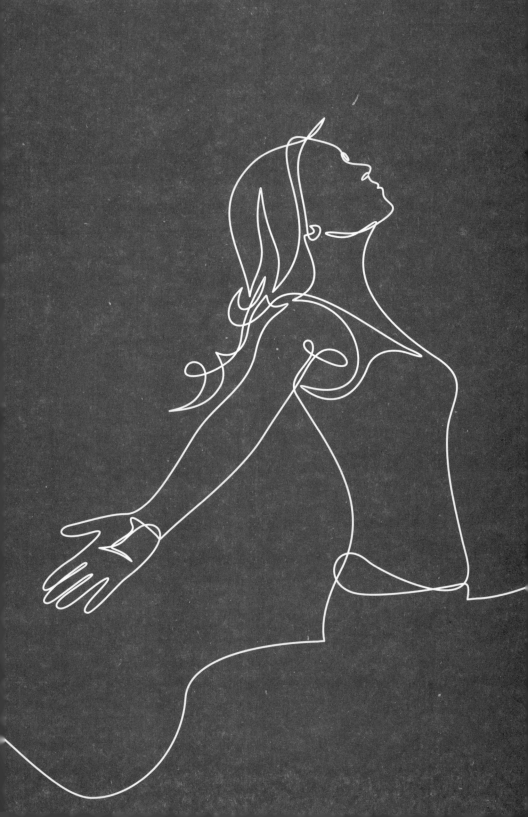

PARTE 4:
CALMARIA
(CURA)

E, de repente,
num dia qualquer,
acordamos e percebemos
que já podemos lidar
com aquilo que julgávamos
maior que nós mesmos.
Não foram os abismos
que diminuíram,
mas nós
que crescemos...

Amas-me? Perguntou Alice.

Não, não te amo! Respondeu o Coelho Branco.

Alice franziu a testa e juntou as mãos como fazia sempre que se sentia ferida.

Vês? Retorquiu o Coelho Branco.

Agora vais começar a perguntar-te o que te torna tão imperfeita e o que fizeste de mal para que eu não consiga amar-te pelo menos um pouco.

Sabes, é por esta razão que não te posso amar. Nem sempre serás amada, Alice, haverá dias em que os outros estarão cansados e aborrecidos com a vida, terão a cabeça nas nuvens e irão magoar-te.

Porque as pessoas são assim, de algum modo sempre acabam por ferir os sentimentos uns dos outros, seja por descuido, incompreensão ou conflitos consigo mesmos.

Se tu não te amares, ao menos um pouco, se não crias uma couraça de amor-próprio e de felicidade ao redor do teu coração, os débeis dissabores causados pelos outros tornar-se-ão letais e destruir-te-ão.

A primeira vez que te vi fiz um pacto comigo mesmo: "Evitarei amar-te até aprenderes a amar-te a ti mesma!"

LEWIS CARROL – "Alice no País das Maravilhas"

QUANDO UMA PESSOA APRENDE A DIZER "NÃO" PARA O QUE A DIMINUI, ELA APRENDE A DIZER "SIM" PARA SI MESMA

O desejo de agradar nada mais é do que o desejo de ser aceito; nada mais é do que o desejo de ser amado. Porém, com o tempo a gente aprende que não deve se sujeitar a tudo somente pelo desejo de agradar. Não se pode amar o outro mais do que a si mesmo, se doar além de seus limites. Pois a dívida que você adquire consigo mesmo é alta demais, e gerará ressentimentos que nunca mais serão esquecidos.

Perder o autorrespeito, indo além dos próprios limites somente pelo desejo de agradar, e assim se desagradando, é uma das piores dívidas que podemos contrair com nós mesmos.

Não é por que você deseja muito alguma coisa que você tem que estar disposto a se sujeitar a tudo para conseguir. Até mesmo o prazer tem limites. Uma coisa é querer. Outra coisa é estar desesperado. Quando você se desespera e topa tudo para conseguir algo, você acaba perdendo. Todo excesso sufoca.

De vez em quando não seremos amados como gostaríamos, e está tudo bem. Não precisamos fazer esforços sobre-humanos para sermos amados. O efeito é sempre contrário. Quem se exige além da conta para servir ao outro só recebe em troca desvalorização. Pois a pessoa que recebe perceberá que você se desvaloriza em primeiro lugar para servi-la, e assim ela também te desvalorizará na mesma medida.

A pessoa que aprende a dizer "não" para tudo aquilo que a diminui, aprende a dizer "sim" para si mesma e, mais importante, ensina ao mundo como deseja ser tratada. Quem se desvaloriza para agradar e ultrapassa os próprios limites para ser aceita, está mostrando ao mundo que pode ser tratada de qualquer jeito.

Paula Toller, em 1989, já cantava: "Dizer não é dizer sim/Saber o que é bom pra mim/Não é só dar um palpite/Dizer não é dizer sim/ Dar um não ao que é ruim/É mostrar o meu limite, é mostrar o meu limite...". E é bem por aí. Mostre seu limite, se posicione, autentique seu valor. Seu coração não é a casa da mãe Joana, onde entra e sai quem quer, da forma que quer. Você pode até sentir falta de uma pessoa, mas isso não dá o direito de ela fazer o que quiser com seu coração.

A pessoa que é certa do seu valor não se sujeita a tudo, não se oprime para conseguir algo, não se diminui para caber no espaço reduzido que alguém destina a ela. A pessoa que tem convicção de seu valor não precisa cobrar atenção, pois só permanece onde existe reciprocidade. Não aceita ser conveniência, e sim prioridade. Não se contenta com o "tanto faz", e dá um basta em tudo aquilo que tira a sua paz.

Finalmente lembro da sabedoria do Coelho Branco, quando confrontado com a pergunta de Alice na fábula de Lewis Carrol: "Amas-me?", o coelho branco responde: "não, não te amo!", e em seguida ensina:

> Nem sempre serás amada, Alice, haverá dias em que os outros estarão cansados e aborrecidos com a vida, terão a cabeça nas nuvens e irão magoar-te. Porque as pessoas são assim, de algum modo sempre acabam por ferir os sentimentos uns dos outros, seja por descuido, incompreensão ou conflitos consigo mesmos. Se tu não te amares, ao menos um pouco, se não crias uma couraça de amor-próprio e de felicidade ao redor do teu coração, os débeis dissabores causados pelos outros tornar-se-ão letais e destruir-te-ão.

Crie uma couraça de amor-próprio e de felicidade ao seu redor, e não exija de si mesmo além da conta para ser amado. Não ultrapasse os próprios limites para ser aceito. Ser rejeitado não é a pior das sensações, acontece com todo mundo uma vez ou outra na vida, e está tudo bem. Pior que a sensação de ser rejeitado é se perder pelo desejo de agradar.

Sally chorou. "Estou horrenda! Não sou mais mulher! Não olhe!" Dolores segurou os ombros da irmã e a sacudiu. "Você quer que eu seja sua irmã? Então me deixe ver! Sim, é horrendo. As cicatrizes são brutais, horríveis, mas elas fazem parte de você agora. E você é mulher, sim, sua bobona! Sem o seu Alfonso, sem o seu seio, você pode ser mais mulher do que nunca, você pode ser a *sua* mulher!"

LUCIA BERLIM, no conto *Dor* – "Manual da faxineira"

AUTOESTIMA NÃO SIGNIFICA QUE ELES VÃO GOSTAR DE MIM, E SIM QUE TUDO BEM SE ELES NÃO GOSTAREM

Durante muito tempo me preocupei muito mais em ser aceita pelos outros do que bancar quem eu realmente era, com toda gama de nuances que fazem parte do que sou. Durante muito tempo, a busca por ser aquilo que esperavam de mim tinha muito mais valor do que assumir minha identidade, sem tirar nem pôr.

Porém, com o tempo e alguma maturidade, fui percebendo o quão exaustivo era aquilo, o quão penoso poderia ser construir uma vida assim, em que "cumprir o combinado" tinha mais valor que experimentar minha própria narrativa, com todos os erros e acertos dessa escolha.

No fundo, eu queria ser amada — todos nós queremos. Mas o olhar do outro sobre mim tinha um peso e um valor muito grandes, e não querer decepcioná-los era uma meta que me roubava, pouco a pouco, de mim mesma.

Há uma diferença grande entre autoestima e autoaceitação. Autoestima tem a ver com reconhecermos as nossas qualidades e fazermos uma avaliação positiva a respeito de nós mesmos. É claro que ela é poderosa, e nos ajuda a nos posicionarmos com "confiança no nosso taco", nos tornando conscientes de nosso valor.

Porém, a busca desenfreada por uma autoestima positiva — em que os aspectos negativos ou não tão atraentes são considerados "ruins" — nos faz rejeitar partes de nós mesmos que deveriam conviver harmoniosamente com os traços positivos, sem causar mal-estar por nossa totalidade.

É claro que é importante tentarmos evoluir a cada dia. Se uma gordurinha fora do lugar ou o desejo de estudar e crescer são incentivos para eu mudar e ser melhor — principalmente para mim mesma — ótimo! Porém, isso é diferente de tentar passar uma imagem de perfeição, negando ou recusando minhas limitações, como se elas fossem anomalias que deveriam ser escondidas ou combatidas a qualquer custo.

No livro "Manual da faxineira", de Lucia Berlin, há o conto *Dor*, em que duas irmãs viajam para um *resort* e, ao se dirigirem para a piscina, a mais nova, Sally, chora ao ver suas cicatrizes de uma mastectomia onde antes estava o seio. "Estou horrenda! Não sou mais mulher! Não olhe!" Sua irmã mais velha, Dolores, segura os ombros de Sally e a sacode:

> Você quer que eu seja sua irmã? Então me deixe ver! Sim, é horrendo. As cicatrizes são brutais, horríveis, mas elas fazem parte de você agora. E você é mulher, sim, sua bobona! Sem o seu Alfonso, sem o seu seio, você pode ser mais mulher do que nunca, você pode ser a sua mulher!

Esse trecho foi um soco no estômago. Pois, assim como as cicatrizes, carregamos inúmeras outras imperfeições invisíveis que não deveriam nos tornar menos mulheres ou homens. Temos limites, e aprender a conviver com eles sem rejeitá-los ou fingindo que não existem deveria ser o usual, o comum, o normal. Porém, o que temos visto é um mundo plastificado, em que aparentemente todo mundo deu certo na vida, todo mundo dá conta de tudo, todo mundo está sempre de bom humor, bem resolvido, bem amado, bem equilibrado. E começamos a nos sentir uns ETs, incapazes de competir com a perfeição, inadequados dentro de nossa própria pele.

A ditadura da perfeição e a busca por uma autoestima impecável é exaustiva. Pois, no fim das contas, estaremos querendo agradar a quem? À vitrine do Instagram? Ao binóculo da família, dos amigos, dos vizinhos?

Gabito Nunes tem uma frase que adoro: "A verdade, o que realmente importa mora dentro de mim, longe do binóculo alheio. O resto é cena, ego, poeira". E é nisso que acredito. Não precisamos ser publicitários do nosso bem ou mal-estar, mas entender que somos um conjunto de bem e mal, sucesso e insucesso, conquistas e limitações, certezas e enganos. E se uma hora ou outra os desacertos superarem a excelência, tudo bem!

A perfeição é uma armadilha. Porque ao me exigir perfeição, me cobro além da conta, além do que é possível e humano, e acabo abrindo mão do que é do meu feitio e da minha vontade para cumprir um protocolo impossível, que fatalmente terá falhas, e me mostrará que tenho limites. E talvez tarde demais eu descubra que a perfeição me roubou de mim.

    Autoestima não significa que eles vão gostar de mim, e sim que tudo bem se eles não gostarem. Assuma os riscos de ser quem você é, e aprenda a dizer "Está tudo bem!" mesmo quando o feijão queima, a meia-calça desfia, o projeto atrasa, as mãos suam, você surta, o despertador não toca, o desodorante vence, você diz "não" àquela solicitação ou é rejeitado por alguém. Perdoe-se, se pegue no colo, acolha suas falhas e respeite seus momentos de insanidade e inadequação. Assuma seus desejos, mesmo que isso desagrade alguns ou signifique que você deixará de fazer parte daquele "clube-seleto-de-pessoas-perfeitas-que-fazem-ioga-e-meditam-às-5-da-manhã". Assuma sua vida, seus caminhos e, finalmente, aprenda a se acolher com compaixão, abraçando-se com aceitação e perdão.

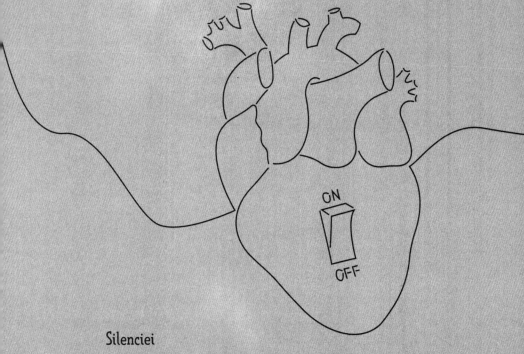

Silenciei
meu espírito
e pedi
um favor
ao *tempo:*
me cure
me restaure
me aponte caminhos.
me ensine
a ressignificar *você*

Certa hora da tarde era mais perigosa. Certa hora da tarde as árvores que plantara riam dela. Quando nada mais precisava de sua força, inquietava-se. (...) Sua precaução reduzia-se a tomar cuidado na hora perigosa da tarde, quando a casa estava vazia sem precisar mais dela, o sol alto, cada membro da família distribuído nas suas funções. Olhando os móveis limpos, seu coração se apertava um pouco em espanto. Mas na sua vida não havia lugar para que sentisse ternura pelo seu espanto — ela o abafava com a mesma habilidade que as lides em casa lhe haviam transmitido.

CLARICE LISPECTOR, no conto *Amor* – "Todos os contos"

QUEBRARIA COPOS E REGRAS

Ela não conhecia o significado da palavra "epifania". Seu tempo era escasso; seus hábitos comuns. Porém, naquela tarde, um tropeção sem importância, enquanto saía do supermercado com as compras nos braços, fez com que enxergasse o mundo e sua própria vida com outra percepção. A nova revelação, que agora vinha à tona com a força perigosa do que não pode mais ser negado, emergia violenta, sem chance de ser reprimida.

À semelhança de Ana, do conto *Amor* de Clarice Lispector, Cassandra também sobrevivia dia a dia à "hora perigosa": o momento em que todos os afazeres cessavam e ela se encontrava disponível para refletir sobre si mesma, divagando sobre seu momento e os caminhos que percorrera até ali. Porém, nunca ocorrera de, num gesto inesperado, ter uma percepção intuitiva tão forte quanto aquela que experimentava agora, ao tropeçar no meio-fio e deixar rolar pelo chão as batatas e os limões do jantar de terça-feira.

Seus joelhos doíam com a queda, mas era a visão dos limões rolando pelo estacionamento que desacomodavam seus pensamentos, e rompiam sua bolha protetora. A vida a desafiava, e ela percebia agora que seu desejo de controlar tudo era infundado, uma ilusão para protegê-la da própria existência.

A necessidade de uma ordem externa, de algo que aterrasse seus pés ao chão, eximindo-a de bancar o próprio desejo, agora já não tinha tanta importância. Quebraria copos e regras, definiria as próprias leis, e defenderia sua felicidade com a fúria dos que se descobrem tão dignos dela quanto aqueles que gozam a vida sem culpa. Não desejava magoar aqueles que amava, mas, acima de tudo, não se acorrentaria em prol da alegria alheia.

Seria autêntica no querer e no não querer, desafiando o desejo de ser aceita a qualquer custo, rompendo o hábito de agradar aos outros se desagradando, se permitindo oscilar entre o arrebatamento e a renúncia sempre que invadissem sua alma.

O mundo se tornara um novo espanto. Não sabia lidar totalmente com a liberdade que a invadia, mas os limões que corriam para longe de seu alcance a lembravam de que a vida a desafiava, com ou sem o seu consentimento. A nova existência doía, mas também inquietava, transformava e empurrava adiante. A serena compreensão dava agora lugar ao prazer intenso de não saber nada. Era uma mulher que acabara de ter uma epifania. E mesmo sem saber o significado da palavra, voltou para casa menos atrelada a terra, mas, surpreendentemente, mais consciente de si mesma...

sou feita de fragmentos
e não de inteiros.
carrego em mim
ambivalências
e contrastes.
sou a noite escura
e a luz da manhã.
o segredo
e a voz que quer gritar.
sou a coragem
e a covardia.
a pulsão de vida
e de morte.
a euforia
e a melancolia.
sou abrigo
e vulnerabilidade.
salgado
e doce.
sagrado
e profano.
desafio o autocontrole
quando sou
desequilíbrio.
carrego em mim
luz e sombras.
fuga e desejo de encontro.
o vidro estilhaçado no chão,
a capacidade de colar o que foi quebrado.
escolhas e renúncias.
segurança
e impermanência
o mistério de me encontrar em um lugar
e nunca ter a certeza de que é
onde realmente
eu deveria estar...

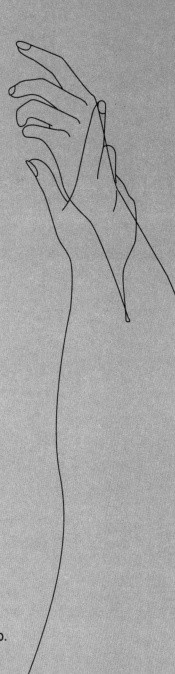

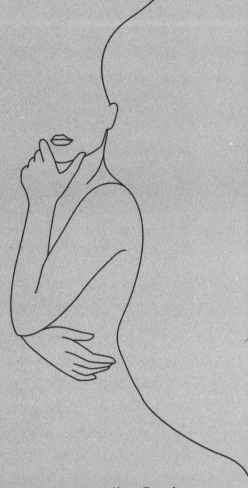

Não era esse o tempo que não queria compartilhar. Era algo de outra esfera. Outra órbita. Outro satélite de Saturno. O mais interior de todos. O tempo de que sua vida era tecida. O que ainda lhe restava viver, que nada lhe poderia devolver. Precioso. O que não queria gastar no tráfego nem arrumando gaveta. O que necessitava para pensar, mergulhar em si mesma. Ela tinha o direito de ser dona desses instantes, mandar neles, decidir o que queria fazer com cada um. Cada momento único que a separava da morte, viesse ela quando viesse.

ANA MARIA MACHADO – "Canteiros de Saturno"

SUMIR NEM SEMPRE É ESTRATÉGIA. SUMIR TAMBÉM É AUTOPRESERVAÇÃO

Às vezes, estamos tão perdidos e confusos internamente com nós mesmos que preferimos nos afastar para não machucar o outro. Esse é um gesto de amor também.

Porém, na era dos joguinhos, *blocks* e cancelamentos, sumir do mapa, silenciar ou deixar de procurar alguém parece ser apenas estratégia ou desinteresse, mas muitas vezes é autopreservação e responsabilidade afetiva consigo mesmo.

Nem sempre o amor é um terreno de paz e sintonia. Muitas vezes é um campo minado de dor e desentendimento, e mesmo havendo afeto, em algum momento necessita de trégua — silêncio, recolhimento e distanciamento — para então se tornar lugar de acolhimento.

Algumas coisas são muito nossas. Incomunicáveis. E estar em paz com esse emaranhado de nós também é equilíbrio. Pausas são necessárias. Silêncio e recolhimento também. Não se culpe por buscar a paz que você necessita para se ter de volta. Você importa.

No livro de Ana Maria Machado, "Canteiros de Saturno", uma das personagens, Isadora, está passando por momentos de grandes transformações internas. Perdida no tráfego — o da rua e o de dentro da sua cabeça — seu pensamento divaga.

> Não era esse o tempo que não queria compartilhar. Era algo de outra esfera. Outra órbita. Outro satélite de Saturno. O mais interior de todos. O tempo de que sua vida era tecida. O que ainda lhe restava viver, que nada lhe poderia devolver. Precioso. O que não queria gastar no tráfego nem arrumando gaveta. O que necessitava para pensar, mergulhar em si mesma. Ela tinha o direito de ser dona desses instantes, mandar neles, decidir o que queria fazer com cada um. Cada momento único que a separava da morte, viesse ela quando viesse.

Eu não poderia estar bem com você se ainda não estou bem comigo. Está tudo embaralhado aqui dentro. Fez-se noite ao meio-dia, e na madrugada desperto como se fosse hora de acordar. Não sei se quero nós dois novamente, ou se me apeguei à ideia de que amo continuar amando você. Está tudo bagunçado aqui dentro. Como um quebra-cabeça de mil peças, me vejo montando o contorno e as bordas, mas o centro continua confuso e indefinido. Está tudo embaralhado aqui dentro.

As coisas têm hora certa de chegar. Não se torture com meu silêncio nem imagine que faço dele um jogo. Ainda que eu nada diga, é como se eu sempre dissesse alguma coisa. A verdade é que o casulo é lugar de mudança e restauração, e troco o orgulho e a vaidade pelos recomeços.

Às vezes, é preciso machucar um pouco mais nosso coração, deixar rolar um tanto mais nosso pranto, doer um pouco mais nosso corpo e silenciar mais a nossa mente para enfim voltarmos à superfície. Cada um tem seu tempo e seus processos, mas a cura sempre chega num momento ou outro.

Mas então chega o domingo, e domingo é dado a silêncios, e me traio querendo sair do meu casulo sem estar pronta para os recomeços; e me contradigo querendo ter notícias suas e do mundo; e me desminto desejando trégua do meu afastamento. É preciso suportar os domingos. É preciso estar em paz com a falta de respostas. É preciso suportar os domingos.

Entre a ruptura e o reencontro, busque o silêncio. O silêncio que não pune, mas cura. O silêncio que não joga, mas nos permite redimensionar os fatos. O silêncio que não é estratégia, mas nos preserva e resguarda o outro de nossas emoções impulsivas e negativas. O silêncio que não quer mandar recados, mas dizer ao nosso ouvido aquilo que precisamos aprender. O silêncio que não tem a intenção de torturar ninguém, mas de nos ajudar a decidir os rumos de nosso coração.

eu te queria e não te queria
no espaço de um dia.
era antagônica
no desejar e não desejar,
no ficar e me afastar,
no precisar e dispensar,
no exigir e recusar.
você não entendia
por que eu fugia e me encolhia
toda vez que você
perto de mim permanecia.
e por que
eu precisava tanto de você
quando percebia
que aos poucos te perdia.

(foi assim que me ensinaram sobre o amor.
ele era confuso quando próximo.
e me abandonava toda vez que eu me apegava)

A verdade — e Lina sabe disso em momentos de clareza, nos dias de clareza — é que ele só pensa nela quando é conveniente, quando está bêbado ou entediado e quando há uma rara combinação de possibilidades. Quando pode vê-la com facilidade, sem correr o risco de ser pego, arrumar problemas no trabalho ou gastar muita gasolina. Mesmo assim, ele não se importa quando não consegue vê-la. Mesmo assim, para ele é pegar ou largar. Isso é doloroso, mas Lina aceita.

LISA TADDEO — "Três mulheres"

TENHA RESPONSABILIDADE AFETIVA COM VOCÊ MESMO

Está na moda dizer: "Tenha responsabilidade afetiva com o outro". Significa que você não deve brincar com os sentimentos de ninguém, nem fazer ao outro o que não deseja para si mesmo. Ok, isso é muito bom, muito válido, mas para um relacionamento funcionar, primeiro é importante que você tenha responsabilidade afetiva com você mesmo.

Ter responsabilidade afetiva com você mesmo é não se submeter de forma oprimida ao desejo do outro, tornando-se refém do que essa pessoa faz ou deixa de fazer, condicionando sua alegria ou tristeza à aproximação ou afastamento desse alguém. É dar um basta às relações que te afastam do seu bem-estar e te tornam uma pessoa pior do que você realmente é.

Você não pode controlar o que o outro faz ou deixa de fazer. A única coisa que você realmente pode controlar e modificar é a forma como você pretende se relacionar com essa pessoa. Tentar mudar alguém nunca funcionou nem nunca irá funcionar. A única coisa que você pode fazer é se perguntar: se essa pessoa não é quem eu queria que fosse e me causa tanta dor, por que é que eu continuo ali, tentando, insistindo?

Lisa Taddeo, escritora do *best-seller* "Três mulheres", escreveu essa obra de não ficção após passar uma década imersa na vida sexual de três mulheres comuns. "As três histórias são emblemáticas e cobrem uma parte grande da experiência de ser mulher no começo do século XXI", diz a autora.

Lina, uma das personagens, viaja grandes distâncias e aguarda por longas horas o seu amante, que não se mostra tão disposto como ela a se envolver — ele demora para responder mensagens, titubeia quando ela o chama para encontros etc.

Num dos trechos, a autora escreve:

A verdade – e Lina sabe disso em momentos de clareza, nos dias de clareza – é que ele só pensa nela quando é conveniente, quando está bêbado ou entediado e quando há uma rara combinação de possibilidades. Quando pode vê-la com facilidade, sem correr o risco de ser pego, arrumar problemas no trabalho ou gastar muita gasolina. Mesmo assim, ele não se importa quando não consegue vê-la. Mesmo assim, para ele é pegar ou largar. Isso é doloroso, mas Lina aceita.

"Um dos pontos que eu queria que as pessoas se dessem conta ao ler o livro é de como a indiferença, como o ato de não responder uma mensagem, pode machucar alguém", afirma Taddeo, em uma entrevista.

Uma pessoa pode controlar ou dominar outra não somente através de cobrança, mas da ausência também. Ou através de comportamentos que intercalam presença e ausência. Isso é uma forma de dominação. Isso é uma forma de ferir a liberdade do outro.

Porém, só é dominado — de que forma for — quem permite. Só fica vulnerável aos desejos do outro quem abre mão de si mesmo. Só é aprisionado quem não se protege. Só é machucado repetidas vezes quem não tem responsabilidade afetiva consigo mesmo.

Tenha responsabilidade afetiva com você. Conheça-se a ponto de abrir mão daquilo que tira sua paz, seu equilíbrio, seu amor-próprio. Preserve-se daquilo que te dá alguns minutos de satisfação e muitas noites encharcando o travesseiro de lágrimas. Descubra o que você pode ou não suportar em nome de um grande amor e se proteja daquilo que te fere.

Só você pode saber de si mesmo. Não se faça de desentendido quando no fundo você sabe que está sendo permissivo demais. Não finja pra si mesmo que está tudo sob controle quando no seu íntimo você percebe claramente que está se machucando de novo. Não ignore sua intuição dizendo para você recuar. Não perca seu equilíbrio tentando entender o incompreensível. Não se faça em pedaços para manter o outro inteiro.

Muitas coisas que vivemos e atraímos são situações colocadas em nosso caminho para nos aprimorar e fortalecer. Que a gente possa amadurecer com sabedoria, insistindo naquilo que nos salva e recusando o que desgasta a alma.

Eu queria ficar invisível
pra não dar trabalho pra eles.
devagar me aprimorei:
a voz inaudível, os olhos baixos...
fui sumindo pouco a pouco,
negando meus desejos
para não incomodar.
porém cresci
e, distante de tudo,
descobri minha força encoberta.
Hoje sei o preço que paguei
por não ter me escutado
por tanto tempo.
Quando a gente se esvazia demais
corre o risco de se preencher
com aquilo que é supérfluo.
Mas a vida encontra um jeito
de arrematar bem seus laços,
e aquilo que nunca foi dito
se transformou em poesia.

Um homem precisa viajar. Por sua conta, não por meio de histórias, imagens, livros ou TV. Precisa viajar por si, com seus olhos e pés, para entender o que é seu. Para um dia plantar as suas próprias árvores e
dar-lhes valor. Conhecer o frio para desfrutar o calor. E o oposto. Sentir a distância e o desabrigo para estar bem sob o próprio teto. Um homem precisa viajar para lugares que não conhece para quebrar essa arrogância que nos faz ver o mundo como o imaginamos, e não simplesmente como é ou pode ser. Que nos faz professores e doutores do que não vimos, quando deveríamos ser alunos, e simplesmente ir ver.

AMYR KLINK – "Mar sem fim"

A VIDA É O QUE ACONTECE DENTRO DA GENTE

Adoro a frase de Fernando Pessoa que diz: "Para viajar, basta existir. A vida é o que fazemos dela. As viagens são os viajantes. O que vemos, não é o que vemos, senão o que somos".

Acredito que é bem por aí. Qualquer viagem — seja para o Polo Norte, para o quarteirão vizinho a nossa casa ou para uma busca interior em que mergulhamos dentro de nós mesmos — irá nos arrebatar em maior ou menor grau dependendo muito mais do nosso estado de espírito do que das condições externas.

Só se encanta quem está vulnerável a se maravilhar. Só aprende quem deseja se aprimorar. Só se aprofunda quem não tem medo de mergulhar. Só conquista algo novo quem tem coragem de se arriscar. Só se apaixona quem deixa a espontaneidade aflorar. Só enxerga possibilidades quem baixa a guarda e deixa a alma voar.

A vida é o que acontece dentro da gente. É o que acontece quando abrimos aquele livro antigo e nos encontramos no último parágrafo do terceiro capítulo. É o que acontece quando tomamos um cálice de vinho e a suave embriaguez nos faz rir de uma piada sem sentido. É o que acontece quando meditamos e encontramos um lugar de paz dentro da mente. É o que acontece quando escalamos uma montanha e nos maravilhamos com o pôr do sol. É o que acontece quando sentimos um perfume conhecido e lembramos de alguém. É o que acontece quando o estado de nossa alma transforma a crua realidade em ares de novidade.

Quando viajamos, nosso olhar atribui significado ao que admiramos, nossa alma esbanja vontade de se encantar, e experimentamos a liberdade de ser passarinho sem receio de voar.

Em seu livro "Mar sem fim", Amyr Klink faz o leitor acompanhá-lo numa jornada de 141 dias no mar, em sua primeira volta ao mundo. Num dos trechos do livro, ele diz:

> Um homem precisa viajar. Por sua conta, não por meio de histórias, imagens, livros ou TV. Precisa viajar por si, com seus olhos e pés, para entender o que é seu. Para um dia plantar as suas árvores e dar-lhes valor. Conhecer o frio para

desfrutar o calor. E o oposto. Sentir a distância e o desabrigo para estar bem sob o próprio teto. Um homem precisa viajar para lugares que não conhece para quebrar essa arrogância que nos faz ver o mundo como o imaginamos, e não simplesmente como é ou pode ser; que nos faz professores e doutores do que não vimos, quando deveríamos ser alunos, e simplesmente ir ver.

Uma pessoa precisa viajar. Pelo menos uma vez na vida, deve partir pelo mundo ou para dentro de si. Só assim saberá sobre voos e retornos, saudades e encontros, sol queimando a pele e pés descalços sentindo o chão, finais e recomeços, eternidades que moram em instantes.

Faça as malas, dê um mergulho, acenda uma vela. Troque o tempo dos relógios pelas batidas no seu peito. Desça do salto, despeça-se das *selfies*, estenda a mão à falta de explicação. Faça um brinde às possibilidades, permita-se um pouco de bobagem, diminua qualquer bagagem. Sopre dentes-de-leão, prefira ser passarinho a avião, transborde oceano. Faça uma fogueira no peito, destrua mágoas, relembre cantigas de ninar. Viaje para longe ou perto, mas não desista de partir. Se permita deixar-se levar, ser um pouco rio, desaguar no mar. E ao final, retorne verso de poema, que é um pouco sonho, garoa, neblina e sol, concordando enfim com a frase que diz: "Para viajar, basta existir...".

Que tipo de flores você anda regando?
flores mortas,
que nunca mais desabrocharão?
flores murchas,
que com alguma atenção ainda recuperam o viço?
flores saudáveis, que respondem à altura ao cuidado oferecido?
pare de oferecer carinho,
e veja quantas *flores mortas*
você anda regando

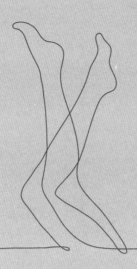

Erótica é a alma
que se diverte, que se perdoa,
que ri de si mesma
e faz as pazes com sua história.
Que usa a espontaneidade
pra ser sensual,
que se despe de preconceitos,
intolerâncias, desafetos.
Erótica é a alma que aceita
a passagem do tempo com leveza
e conserva o bom humor
apesar dos vincos em torno dos olhos
e o código de barras acima dos lábios;
erótica é a alma que não esconde seus defeitos,
que não se culpa pela passagem do tempo.
Erótica é a alma que aceita suas dores,
atravessa seu deserto e ama sem pudores.

"ERÓTICA É A ALMA"

Há uma frase de Adélia Prado, escritora mineira que gosto muito, que diz: "Erótica é a alma". Adoro essa frase, pois, além de poética, é redentora. Alivia o peso da sensualidade a qualquer custo, a busca desenfreada pela juventude perdida, a corrida pelos últimos lançamentos da indústria cosmética.

E nos autoriza a cuidar mais da alma, a viajar pro interior, a descobrir o que nos completa. Pois se os olhos são as janelas da alma, de que adianta levantar pálpebras se descortinam um olhar de súplica?

Erótica é a alma que se diverte, que se perdoa, que ri de si mesma e faz as pazes com sua história. Que usa a espontaneidade pra ser sensual, que se despe de preconceitos, intolerâncias, desafetos. Erótica é a alma que aceita a passagem do tempo com leveza e conserva o bom humor apesar dos vincos em torno dos olhos e o código de barras acima dos lábios; erótica é a alma que não esconde seus defeitos, que não se culpa pela passagem do tempo. Erótica é a alma que aceita suas dores, atravessa seu deserto e ama sem pudores.

Porque não adianta sex shop sem sex appeal; bisturi por fora sem plástica por dentro; *lifting*, botox, laser e preenchimento facial sem cuidado com aquilo que pensa, processa e fala; retoque de raiz sem reforma de pensamento; striptease sem ousadia ou espontaneidade.

Querendo ou não, iremos todos envelhecer — faz parte da vida. As pernas irão pesar, a coluna doer, o colesterol aumentar. A imagem no espelho irá se alterar gradativamente e perderemos estatura, lábios e cabelos. A boa notícia é que a alma pode permanecer com o humor dos dez, o viço dos vinte e o erotismo dos trinta anos — se você permitir.

O segredo não é reformar por fora. É, acima de tudo, renovar a mobília interior — tirar o pó, dar brilho, trocar o estofado, abrir as janelas, arejar o ambiente. Porque o tempo, invariavelmente, irá corroer o exterior. E quando isso ocorrer, o alicerce precisa estar forte para suportar.

Não tem problema cuidar do corpo. É primordial ter saúde e faz bem dar um agrado à autoestima. O perigo é ficar refém do espelho, obcecado pelo bisturi, viciado em reduzir, esticar, acrescentar, modelar — até plástica íntima andam fazendo!

Aprenda: bisturi algum vai dar conta do buraco de uma alma negligenciada anos a fio.

Vivemos a era das emergências. De repente tudo tem conserto, tudo se resolve num piscar de olhos, há varinha de condão e tarja preta pra sanar dores do corpo, alma e coração. Como canta Nando Reis: "O mundo está ao contrário e ninguém reparou...".

Desaprendemos a valorizar aquilo que é importante, o que é eterno, o que tem vocação de eternidade.

E de tanto lustrar a carapaça, vivemos a "síndrome da maçã do amor": brilhantes por fora e podres por dentro.

O tempo tornou-se escasso, acreditamos que "perdemos tempo" quando lemos um livro inteiro, quando passamos horas com nossos filhos, quando oramos ou viajamos com a família. E nos iludimos achando que poderemos "segurar o tempo" cuidando da flacidez, esticando a pele, preenchendo espaços.

Cuide do interior. Erotize a alma. Enriqueça seu tempo com uma nova receita culinária, boas conversas, um curso de canto ou dança. Leia, medite, cultive um jardim. Sinta o sol no rosto e por um instante não se preocupe com o envelhecimento cutâneo. Alongue-se, experimente o prazer que seu corpo ainda pode lhe proporcionar. Não se ressinta das novas dores, da pouca agilidade, dos novos vincos. Descubra enfim que a alegria rejuvenesce mais que o botox.

E não se esqueça: em vez de se concentrar no lustre da maçã, trate de aproveitar o sabor que ela ainda é capaz de proporcionar.

Nota: Este texto tem sido atribuído erroneamente a Adélia Prado. Viralizou nas redes sociais e no WhatsApp com a autoria errada. Porém, somente a frase que deu origem ao texto é dela. O texto completo é de minha autoria.

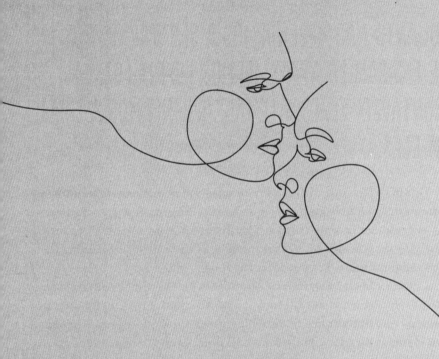

Mas ainda é para os olhos que nós olhamos, não é? Era lá que achávamos a outra pessoa, e ainda achamos. Os mesmos olhos que estavam na mesma cabeça quando nos conhecemos, dormimos juntos, nos casamos, fomos para a lua de mel, fizemos uma hipoteca, fizemos compras, cozinhamos e passamos férias, amamos um ao outro e tivemos uma filha juntos. E eram os mesmos olhos quando nos separamos.

JULIAN BARNES – "O sentido de um fim"

ENQUANTO NÃO APRENDEMOS A DESATAR OS NÓS QUE FICARAM LÁ ATRÁS, IREMOS REPETI-LOS, INCONTÁVEIS VEZES, ATÉ QUE APRENDAMOS A LIDAR COM ELES

Algumas pessoas entram em nossas vidas e acessam memórias muito dolorosas, marcantes ou sensíveis dentro da gente. Outras pessoas entram em nossas vidas e nem tocam nessas memórias. Geralmente, são os que mexem nessas memórias e nos desestabilizam que a gente vai amar mais. E, com sorte, aprender mais.

As situações irão se repetir, em forma de encontros semelhantes, ou de pessoas que nos desafiarão de forma similar, ou de instabilidades parecidas que tumultuarão nosso bem-estar... até que a gente aprenda. Coincidências ou "dedo podre" não existem. O que existe é a repetição da provação até que se torne lição.

Um dos meus livros preferidos de toda a vida é o premiado "O sentido de um fim", do escritor inglês Julian Barnes. Dentre as inúmeras passagens que me atraem, gosto especialmente de uma que fala sobre o envelhecimento, e sobre como as pessoas mudam com o passar do tempo. Porém, embora ocorram variações nos cabelos, nas roupas, e nas sardas (que "agora parecem mais manchas de fígado"), os olhos permanecem iguais:

> Mas ainda é para os olhos que nós olhamos, não é? Era lá que achávamos a outra pessoa, e ainda achamos. Os mesmos olhos que estavam na mesma cabeça quando nos conhecemos, dormimos juntos, nos casamos, fomos para a lua de mel, fizemos uma hipoteca, fizemos compras, cozinhamos e passamos férias, amamos um ao outro e tivemos uma filha juntos. E eram os mesmos olhos quando nos separamos.

É para os olhos que nós olhamos. É lá que encontramos partes de nós mesmos no outro, ou o mistério que precisamos desvendar, ou as memórias que precisamos acessar, ou as lições que precisamos reviver para nos curar. É nos olhos do outro que está aquele enigma que nos leva a nos apaixonar, ou o abismo que nos faz despencar.

O que te atrai nem sempre é beleza, *status*, educação, gentileza, vestimenta ou posição social. O que te atrai é esse emaranhado de questões que você quer desvendar. É essa turbulência que o outro te provoca, ou esse enigma que nenhuma palavra é capaz de comunicar. O que te atrai está no mistério, na energia, no olhar. Nada te prepara para isso, nada te salva.

Fazer o caminho de volta é ser capaz de olhar para a própria história de outra forma, mais amadurecida e consciente, e conseguir transformar os antigos nós em novos laços. Enquanto não aprendermos a reagir de forma mais amorosa com nós mesmos, iremos continuar repetindo padrões e culpando a vida pela repetição.

Vida é prova. E as questões são específicas para seu aprimoramento. Suas dores e decepções, seus reveses, desvios e sustos fazem parte do pacote. Errar faz parte; deixar em branco anula quem você pode vir a ser...

as pessoas pensam
que a morte
é o único momento
em que precisamos
estar fortes
para abandonar
nossa "casca",
nosso casulo,
e voar.
Não é.
durante a vida,
morremos várias vezes.
e temos que estar preparados
para o *voo*...

A tarefa de viver nunca se conclui, a não ser que a gente determine.
O sonho e o susto sopram em nosso ouvido quando tudo parece apaziguado. Logo a certeza de ter enfim chegado a um ponto imutável de acomodação começará a vacilar.

LYA LUFT – "Perdas & ganhos"

SER FELIZ TALVEZ FOSSE ISTO: REALIZAR-SE DENTRO DO POSSÍVEL, COMEMORAR CADA DEGRAU SUBIDO, E PERDOAR O QUE NÃO FOI VIVIDO

Parou na frente do espelho e enxergou a vida inteira até aquele momento. O rímel borrado abaixo dos olhos não ocultava o brilho no olhar. Havia luz, alegria, satisfação. Tinha acabado de encenar o ato final, e antes de remover toda a maquiagem, se permitiu abrir um sorriso e se curvar num gesto sincero de gratidão a si mesma.

Não tinha se tornado médica como a família tanto queria. Também não alcançara sucesso nos palcos como tanto desejou. Mas naquele momento, encerrada a peça que escrevera do próprio punho, percebeu que ser feliz talvez fosse isto: realizar-se dentro do possível, comemorar cada degrau vencido, e perdoar o que não foi vivido.

Era uma mulher no meio da ponte. A distância que deixara atrás de si equivalia à distância que teria que percorrer dali pra frente. Nem tudo tinha sido fácil, nem tudo brilhava como desejava, a perfeição brincava de se esconder. Mas agora ela olhava para o espelho e reconhecia que diante das dóceis tragédias que enfrentara, das perdas, dos ganhos e dos pequenos arrependimentos, tinha motivos para comemorar.

Havia chegado onde chegou do jeito que pôde. E nunca tinha sido tão feliz como agora, equilibrando seus pratos na balança, intercalando a correnteza e o remanso dentro de si, aprendendo a lidar com os "nãos" de cada dia, ouvindo sua voz interior, perdoando as imperfeições da vida e confiando mais no que sua intuição dizia.

Prometera muito a si mesma. E muitas outras promessas foram feitas em seu nome, para que ela cumprisse o combinado quando chegasse a hora. Seguindo o script, não decepcionaria aqueles que amava, mas a perfeição cobraria seu preço. Seguindo seu coração, certamente desapontaria alguns, mas o ganho seria a pele que arrepia, o mergulho profundo sem medo de se estilhaçar, o brilho no olhar, a coragem de se buscar, a ousadia de ser verdadeira sem necessidade de se desculpar.

Ela se perdoava. Dentro de si havia a menina que foi obrigada a engolir o choro, algumas noites maldormidas e dores pelo corpo de coisas malresolvidas. Tudo isso ficara para trás, e por isso agora ela sorria para o espelho e agradecia.

Nem tudo tinha sido perfeito, ela sabia. Porém, mesmo com todas as cicatrizes e fissuras, não desejava voltar ao tempo da inocência. Havia descoberto as delícias de ser feliz sem se culpar por isso, não se exigindo de forma sobre-humana em prol de uma perfeição que lhe poupava do risco, mas que também lhe roubava o riso.

Agora ela compreendia. A vida não era o roteiro que havia programado, rascunhado e passado a limpo. A vida era, principalmente, o que ficava fora da linha, além dos parágrafos, entre vírgulas e reticências. Era o que acontecia no susto, na surpresa, naquilo que a deixava indefesa. Era o que ficava por dizer, o que a surpreendia distraída, o que embaçava seu olhar e permanecia nas entrelinhas do dia a dia.

Num gesto simbólico, abandonou relógios e calendários. Tinha nascido poesia, mas aos poucos ganhara rigidez e agonia. Agora fazia as pazes com a alegria, não aquela misturada à euforia, mas sim com a graça amistosa e quase serena que agora lhe fazia companhia. Sorria de si para si, e aceitava as pequenas rugas que começavam a se juntar ao redor do olhar. Era uma mulher no meio da ponte. Sabia que a vida lhe reservava presentes inesperados pelo caminho, e dessa vez não iria se sentir endividada por aceitar. A vida não estava aí para ser tolerada ou aturada, e sim abraçada e enfrentada...

AGRADECIMENTOS

Agradeço a Deus, que permite os invernos e tempestades, e sempre nos ajuda a atravessá-los.

Ao meu filho, Bernardo

Ao meu marido, Luiz

Aos meus pais, Jarbas e Claudete

Aos meus irmãos, Júnior e Léo

À minha avó Leopoldina

Aos meus tios, tias, primos, primas e cunhadas

Ao meu sogro, Antonio

Aos meus amigos

Aos parceiros do blog

Aos meus leitores e seguidores

Aos editores Pedro Almeida e Carla Sacrato

À toda a equipe da Faro Editorial.

ASSINE NOSSA NEWSLETTER E RECEBA INFORMAÇÕES DE TODOS OS LANÇAMENTOS

www.faroeditorial.com.br

CAMPANHA

Há um grande número de pessoas vivendo com HIV e hepatites virais que não se trata. Gratuito e sigiloso, fazer o teste de HIV e hepatite é mais rápido do que ler um livro.

FAÇA O TESTE. NÃO FIQUE NA DÚVIDA!

ESTA OBRA FOI IMPRESSA
EM FEVEREIRO DE 2023